Red Card for Spoilsports – Rote Karte für Spielverderber

von Kirsten Konradi

Langenscheidt

Berlin · München · Wien · Zürich · New York

Lektorat: Maren Giering-Desler
Englischsprachiges Lektorat: Charlotte Collins
Illustrationen: Anette Kannenberg
Umschlaggestaltung: init.büro für gestaltung, Bielefeld

www.langenscheidt.de

Umwelthinweis: gedruckt auf chlorfrei gebleichtem Papier

Satz: Franzis print & media GmbH, München
Druck: Mercedes-Druck, Berlin
Bindung: Stein+Lehmann GmbH, Berlin
Printed in Germany

ISBN 978-3-468-20809-6

10010

Inhalt

Letters To and Fro

PENG! KRACH! RUMMS! Kein Zweifel. Paul war zu Hause. Frau Reuter zuckte beim Spaghetti-Abgießen zusammen.
Ihr Sohn veranstaltete immer einen gewaltigen Lärm, wenn er nach Hause kam. Zuerst flog die Schultasche polternd in die Ecke hinter der Haustür, dann landeten mit einem "Krach!" und einem "Rumms!" die Schuhe vor dem Schuhschrank. Und zum Schluss ließ Paul seine Jacke genau da fallen, wo er stand.
"Häng bitte deine Jacke an die Garderobe, bevor du in die Küche kommst!", rief seine Mutter schon ganz automatisch. Und ganz automatisch ließ Paul die Jacke genau da liegen, wo sie lag.
"Ich kriege einen Torhüter", brummelte er, als er die Küche betrat.
"Wie bitte?", fragte seine Mutter und stellte ihm einen Teller Nudeln hin.
"Für das Fußballturnier. Wir haben heute Lose gezogen, und mein Austauschpartner ist ein Torhüter", erklärte Paul und ließ sich trotz der offenbar schlechten Nachricht nicht davon abhalten, mit Heißhunger über das Mittagessen herzufallen. Mit der rechten Hand hielt er die Gabel, mit der linken zog er einen zerknitterten Brief aus der Hosentasche und schob ihn über den Tisch.

---

to and fro hin und her

Seine Mutter glättete das Papier und las vor:

"**Dear exchange partner**,
My name is Robin, I am 13 years old and **I'm looking forward to** our **visit** to your school. What is your name, and what is your **position** in your football team? I play **second goalkeeper** in mine.
I'm very **interested in** German football, but I think English football is **much** faster.
Football is my favourite hobby, but I **also** like music and watching TV.
Sorry, I **don't know** what **else** to write.
Looking forward to hearing from you **soon**.
Yours,
Robin

---

dear liebe(r)
exchange partner Austauschpartner(in)
I'm looking forward to ich freue mich auf
visit Besuch
position Position
second zweite
goalkeeper Torhüter(in)
I'm interested in ich interessiere mich für
much viel
also auch
Sorry. Entschuldige.
don't know weiß nicht
else sonst
soon bald

PS: My teacher **told** us to write in German, but my German isn't very good. **Actually** I prefer playing football to doing **schoolwork**. Sorry."

Pauls Mutter legte den Brief schmunzelnd zur Seite.

"Das klingt doch nett", sagte sie.

"Ja, aber der ist Torhüter. Der kann bestimmt gar nicht richtig Fußball spielen. War klar, dass ich ausgerechnet den beim Losen kriege", nörgelte Paul mit vollem Mund.

"Ach, Quatsch. Du weißt ganz genau, dass auch Torhüter gut Fußball spielen können. Und ich finde wirklich, der Brief klingt sehr nett. Ihr habt sicher viel Spaß zusammen, wenn er herkommt."

"Wenn du ihn so nett findest, kannst du ihm ja gleich antworten", grinste Paul. "Das ist nämlich die Hausaufgabe für morgen."

"Iss du erst einmal auf und räum deine Sachen im Flur zusammen. Vielleicht helfe ich dir dann bei dem Brief", sagte seine Mutter lächelnd.

Das Fußballturnier gegen englische Austauschschüler war schon seit Wochen das Hauptgesprächsthema zwischen Paul und seiner Mutter. Der für sein Alter etwas zu groß geratene Blondschopf spielte als Verteidiger sowohl im Verein als auch für das erste Team

---

told hat gesagt
actually eigentlich
schoolwork Schulaufgaben

seiner Schule, den FC Rakete. Pauls Schule veranstaltete jedes Jahr ein Turnier, doch erst in diesem Jahr war Paul endlich zwölf geworden und damit alt genug, um mitspielen zu können. Bei dem Turnier traten immer vier deutsche gegen vier englische Mannschaften an. Bedingung war, dass in jedem Team mindestens fünf Mädchen mitspielten. Paul hatte über diese Regel zuerst die Nase gerümpft, doch inzwischen fand er es klasse, mit den Mädchen zu spielen.

Später am Nachmittag machten sich Paul und seine Mutter daran, Robin zurückzuschreiben. Paul war froh, dass er Hilfe hatte, denn ihm ging es eigentlich wie Robin: Nachmittags Fußball zu spielen war wichtiger als englische Vokabeln zu lernen. Dummerweise sahen sowohl seine Lehrer als auch seine Mutter das vollkommen anders.
Nach einer Weile war der Brief fertig, und Paul las alles noch einmal durch.

"Dear Robin,
Thank you for your letter. I play as a **defender** for my school team, and also for my football **club**. I am 12 years old.

I'm also looking forward to your visit. I think we **will** have **a lot of** interesting **matches** in the **tournament**. And of course we will have lots of fun **together**. Maybe we can **even** get tickets to see my favourite German football club play a game.

---

defender Verteidiger(in)
club Verein
will werden
a lot of viele
matches Spiele
tournament Turnier
together zusammen
even sogar

Besides football, I like reading and listening to music, but football will always be my favourite hobby. I don't **often** have a **chance** to see English football, so maybe you can tell me something about it **when** we **meet**.
See you soon!
Best wishes,"

Pauls Mutter hätte gern das ein oder andere hinzugefügt, aber Paul fand den Brief völlig in Ordnung so. Robin würde sowieso in drei Wochen herkommen, warum sollte er da noch viele Worte machen? Er malte seinen Namen mit einem großen Schnörkel unter den Brief und steckte ihn erleichtert in einen Umschlag.
Als er den Brief in den Kasten warf, begann er, sich auf die englischen Austauschschüler zu freuen.

---

besides außer
often oft
chance Gelegenheit
when wenn
meet uns treffen
See you soon! Bis bald!
Best wishes Viele Grüße

Surprise!

Die nächsten drei Wochen zogen sich wie Kaugummi. Es dauerte eine Ewigkeit, bis endlich der Sonntag kam, an dem die englischen Schüler in Deutschland eintreffen sollten. Die deutschen Kinder und ihre Eltern trafen sich auf dem Schulhof und warteten immer ungeduldiger auf die Ankunft der Busse aus England. Als der erste um die Ecke bog, setzte großes Gejohle ein. Die Kinder schrien und klatschten, die englischen Gastschüler winkten aufgeregt an den Fenstern. Die Lehrer sahen allesamt sehr erleichtert aus, sie begrüßten sich, und nachdem die erste Aufregung vorüber war, ergriff Studienrat Ziegler das Mikrofon und hüstelte – leider ein wenig zu laut. Ein fieses Pfeifen ließ alle zusammenzucken.

"**A warm welcome** to our **guests** from England!", begann der Studienrat seine Rede. Sofort johlten die Schüler wieder los, gaben dann aber Ruhe. "I'm **glad** to see you **all here alive and kicking**, if you'll

---

surprise Überraschung
a warm welcome ein herzliches Willkommen
guests Gäste
glad froh
all alle
here hier
alive and kicking gesund und munter

allow me **that little pun**. We're **proud** to **host** our school football tournament again. **Some** of you **took part** last year, **while** for some of you it's a new **experience**. We usually have lots of fun together, and I'm **sure** this year will be no **diffe-rent**." Der Studienrat wartete den Applaus ab, dann sprach er weiter.

"You're **probably** all very tired, so let's **introduce** you **right away** to your exchange partners. Our teacher here, Mrs Schulz, will help you **find** your partner, and **then** you can go **home** with your

---

allow erlaubt
that dieses
little klein
pun Wortspiel
proud stolz
host veranstalten
some einige
took part habt mitgemacht
while während
experience Erfahrung
sure sicher
different anders
probably wahrscheinlich
introduce vorstellen
right away sofort
find finden
then dann
home nach Hause

host family and **rest**. **Classes start** tomorrow morning at eight o'clock. See you then!"
Die Schüler stöhnten. Den Hinweis auf den Unterricht hätte er sich wirklich verkneifen können. Zum Glück fügte Herr Ziegler noch hinzu: "And, of course, the first match also **takes place** tomorrow!"
Paul sah sich derweil nach Robin um. Er wusste aus einem weiteren Brief nur, dass Robin rothaarig war, aber sosehr er auch Ausschau hielt – er sah nirgendwo einen Jungen mit roten Haaren. Seltsam. Robin war doch hoffentlich nicht krank geworden und deshalb in England geblieben? Paul sah ratlos seine Mutter an, doch die schaute sich genauso fragend auf dem Schulhof um.
Viele englische Schüler waren schon mit ihren Gasteltern aufgebrochen, die anderen nahmen gerade die Koffer und machten sich auch auf den Weg, da stand Paul noch immer allein da. Er war traurig. Offenbar hatte Robin nicht mitkommen können. So enttäuscht er zunächst gewesen war, dass Robin nur Torwart war, so enttäuscht war er jetzt darüber, dass er offenbar ohne Austauschpartner wieder nach Hause gehen

---

host family Gastfamilie
rest euch ausruhen
classes der Unterricht
start fängt an
takes place findet statt

musste. Seine Mutter ging zu einem der Lehrer und fragte ihn nach einem rothaarigen Torwart, doch der wusste auch nichts Näheres.

Paul wollte schon wieder zum Auto gehen, da tippte ihm jemand auf die Schulter. Paul drehte sich um. Vor ihm stand ein rothaariges Mädchen mit einem lustigen Wuschelkopf und sah ihn fragend an.

"You're Pauline, **aren't you?**", fragte sie.

"**Erm** … no. I'm *Paul.*" Paul fragte sich, wer das Mädchen war und warum sie dachte, dass er Pauline hieße, doch plötzlich fiel es ihm wie Schuppen von den Augen.

"You're Robin!", rief er überrascht. Das Mädchen nickte.

"But I **thought** you **were** a boy!", sagte Paul.

"**Well**, I thought you were a girl."

"How **could** you think I **was** a girl? My name is *Paul*!"

"You **had** a **squiggle** in your **signature**, and your

---

aren't you? nicht wahr?
erm äh
thought dachte
were wärst
well nun
could konntest
was wäre
had hattest
squiggle Schnörkel
signature Unterschrift

OLPE
DUFTE
Reisen
ABFALL

name looked **like** *Pauli*. So I thought your name was Pauline ...", sagte Robin.
"Pauline" und Robin sahen sich eine Weile sprachlos an, dann lachten sie laut los.
"So what are we going to do **now**?", fragte Robin.
"I'll ask my mum. She'll know", sagte Paul und rief seine Mutter. Auch sie musste über das Missverständnis lachen.
"Kein Problem, ich regle das schon. **Don't worry.**" Mit diesen Worten ging sie zu einem der englischen Lehrer und erklärte ihm, was offenbar schief gelaufen war. Auch er lachte, die beiden besprachen sich kurz und verabschiedeten sich schließlich. Frau Reuter kam zurück und erklärte den Kindern fröhlich:
"It's all **sorted out**. Robin, you can stay with us. I **explained that** we have a **spare bedroom**, so **there won't be any** problems. I **hope** you do *want* to come with us?"

---

like wie
now jetzt
Don't worry. Macht euch keine Sorgen.
sorted out geregelt
explained habe erklärt
that dass
spare bedroom Gästezimmer
there won't be any ... es wird keine ... geben
hope hoffe

Robin nickte erleichtert. Offensichtlich fand sie Paul ganz nett, auch wenn er keine Pauline war. Paul freute sich. Das Mädchen schien ganz okay zu sein.
Also fuhr Robin mit Paul und seiner Mutter nach Hause. Der Junge hätte seiner Austauschpartnerin am liebsten gleich die ganze Stadt gezeigt, aber seine Mutter sah Robin an, dass diese von der langen Reise doch ziemlich geschafft war.
"**Don't overdo it**. It's Robin's first night in **Germany**, so I think you **should take it slowly**", sagte sie.
Also zeigte Paul Robin erst einmal nur das Haus.
Sie war beeindruckt von all den Fußballpostern und -büchern in Pauls Zimmer.
"It looks like my room", sagte sie und lachte. "But of course I have **different** posters on my walls. I'm an Arsenal fan."
"Arsenal's a good club", bestätigte Paul mit Kennermiene. Eigentlich wusste er im englischen Fußball nicht so gut Bescheid, aber Arsenal London war ihm natürlich ein Begriff.
"So your club is Borussia Dortmund?", fragte Robin mit einem Blick auf das Poster über Pauls Schreibtisch.

Don't overdo it. Übertreibt es nicht.
Germany Deutschland
should solltet
take it slowly es ruhig angehen lassen
different andere

"**Are they any good?** I don't hear much about **them** in England."
"Well … sometimes they're … okay …", murmelte Paul. Das Thema war ihm gerade ein bisschen unangenehm.
"They **lost** their last match **against** a very bad team. It was **really embarrassing**", fügte er auf Robins fragenden Blick hinzu und zeigte ihr dann schnell seine Sammelalben.
Anschließend wollte Robin trotz ihrer Müdigkeit noch den Fußballplatz sehen, auf dem Paul manchmal mit seinen Freunden kickte. Die Anlage lag gleich um die Ecke, sodass sie nicht weit laufen mussten.

"I'm really looking forward to the matches", sagte Robin, nachdem die beiden ein paar Bälle hin- und hergeschossen hatten. Paul musste zugeben, dass Robin sehr gut Fußball spielen konnte. (Zumindest für eine Torhüterin.)
"**So am I.** Is your team playing tomorrow?", fragte Paul.

Are they any good? Sind die denn gut?
them sie
lost haben verloren
against gegen
really echt
embarrassing peinlich
So am I. Ich auch.

"Yes. I'm **already excited**, **although** I'm sure I won't **get to** play **at all**. As you know, I'm **only** second goalkeeper", antwortete Robin. "Do you know **anything** about the **other** matches?"
Paul zuckte die Achseln. Den genauen Spielplan hatte er nicht im Kopf, sodass die beiden beschlossen, wieder nach Hause zu gehen, um sich dort auf Pauls Plan anzusehen, wie die Vorrunde des Turniers ablaufen sollte.
"Here's my team." Robin zeigte auf den Spielplan. "We're called the Three Lions. We're playing your school's second team, the … the …" Robin stolperte über den wirklich etwas sperrigen Namen Eintracht Mittelstufe.
"Lots of German football teams are called 'Eintracht' something – Braunschweig, **for example**. It **means** 'United'. 'Mittelstufe' means the middle classes at school."
Robin nickte.

---

already schon
excited aufgeregt
although obwohl
get to dazu kommen
at all überhaupt
only nur
anything irgendetwas
other andere
for example zum Beispiel
means bedeutet

“Are you in that team?”, fragte sie dann.
“No, I play in the first team, FC Rakete. We’ll play on Tuesday against the Green **Devils**.”
Sie gingen die weiteren Spielpaarungen und Namen der Teams durch. In der Vorrunde spielte jedes Team zweimal, wobei immer eine deutsche gegen eine englische Mannschaft antrat. Daraus ergaben sich acht Vorrundenspiele:

Montag	Three Lions – Eintracht Mittelstufe	
Dienstag	FC Rakete – Green Devils	
Mittwoch	**Crunchy Cookies** – Kickerkönige	
Donnerstag	SV Strafarbeit – **Mighty Moose**	
Freitag	Three Lions – Kickerkönige	
Montag	FC Rakete – Crunchy Cookies	
Dienstag	Eintracht Mittelstufe – Mighty Moose	
Mittwoch	Green Devils – SV Strafarbeit	

devils Teufel
crunchy knusprig
cookies Kekse
mighty mächtig
moose Elch

Die vier Mannschaften, die danach die meisten Punkte hatten, kamen weiter ins Halbfinale. Wie auch in der Bundesliga gab es für jedes gewonnene Spiel drei Punkte und für ein Unentschieden einen Punkt. Bei gleicher Punktzahl nach der Vorrunde entschied das bessere Torverhältnis darüber, welche Mannschaft es ins Halbfinale schaffte. Die Spiele dauerten jeweils 35 Minuten.

"Why is that team called Mighty Moose?", wollte Paul wissen.

"The teacher who **coaches** them is **Canadian** and he likes moose. They **remind him of** home", erklärte Robin. "But **what does** 'Strafarbeit' **stand for**?"

"Something you **have to** write as **punishment**", sagte Paul. "The team **members** are **well-known for** … well, **not** always **turning up** in class."

---

coaches trainiert
Canadian Kanadier
remind of erinnern an
him ihn
What does it stand for? Wofür steht es?
have to musst
punishment Strafe
members Mitglieder
well-known bekannt
for not turning up dafür, dass sie nicht auftauchen

"Haha – Team **Detention**! I like it", sagte Robin. "**That**'s like our Crunchy Cookies - they prefer eating to **training**."
Jetzt lachte Paul – diese Namen waren wirklich zu lustig.
"Your team's name **refers to** the English **national team**, doesn't it?"
Robin nickte. Sie selbst hatte damals den Namen vorgeschlagen. Die Mannschaft trug, wie das englische Nationalteam, drei kleine Löwen auf den Trikots.
"It's good that we don't have to play **against each other** tomorrow. You're going to be so angry when we **beat** you", rief sie dann nach einem erneuten Blick auf den Plan und ging vorsichtshalber in Deckung. Paul war aber gar nicht böse, sondern musste auch lachen. Robin war wirklich nett. Das würden drei tolle Wochen werden!

---

detention Nachsitzen
that das
training trainieren
refers to bezieht sich auf
national team Nationalmannschaft
against each other gegeneinander
beat schlagen

The First Match

Der kleine Sportplatz hinter der Schule füllte sich schnell vor dem Anstoß zum ersten Spiel. Außer den Schülern, die an diesem Nachmittag noch nicht zum Einsatz kamen, wollten auch viele Eltern das Spiel sehen. Und die Lehrer sowieso. Überall waren Fähnchen, Wimpel und Transparente zu sehen, es gab eine Würstchenbude und einen Getränkestand – und vor allem gab es jede Menge Lärm. Die englischen und die deutschen Schüler überboten sich gegenseitig mit Anfeuerungsgesängen. Die Schulband spielte Stücke aus den Charts, vor den Tribünen hüpften Rudy Reindeer, das englische Schulmaskottchen, und Siggi Superstar, der Glücksbringer der deutschen Teams, um die Wette. In den Kostümen steckten Sandy und René, die jeweils ganz schön schwitzten.

Als die Mannschaften aufs Feld liefen, steigerte sich der Jubel noch einmal. Selbst auf der Ersatzbank bekam Robin eine Gänsehaut, so toll war die Stimmung.

Auf der Tribüne saß Paul und war auch aufgeregt. Im vergangenen Jahr hatte er noch nicht mitspielen dürfen, weil er noch zu jung gewesen war, umso aufgeregter war er nun. Paul konnte es kaum erwarten, morgen endlich selbst aufs Spielfeld zu gehen. Er winkte Robin zu, die sich von der Ersatzbank zu ihm umdrehte, mit dem Daumen nach oben.

In diesem Moment gellte die Pfeife des Schiedsrichters über den Sportplatz. Anstoß! Das Turnier hatte begonnen!

"That's Gordon Lambert with the ball, our thirteen-year-old **forward**. **Come on**, Gordon, you can do it ...", schallte es per Lautsprecher über den Platz.

"Kein Problem für unseren Torwart Martin Heinrich, dieser Schuss. Klasse gehalten, Martin, weiter so!", kam der deutsche Kommentar hinterher. Jeweils ein deutscher und ein englischer Sportlehrer kommentierten das Spiel. Es war lustig zu beobachten, wie die beiden am Mikro standen und versuchten, sich gegenseitig zu übertrumpfen.

"Oh, **not** a good pass, Gillian – come on, you can do better **than** that. **Never mind**, **try** to get the ball **back** ... Oh no, there's a big hole in our **defence**, **be careful** ..."

"Toooooooooor! Ein Tor für die deutsche Mannschaft! Da hat Marcel Möller toll aufgepasst, sich den Ball geschnappt und die Verteidigung ausgespielt!

---

forward Stürmer(in)
Come on! Komm schon!
not nicht
than als
Never mind. Macht nichts.
try versuche
back zurück
defence Verteidigung
Be careful. Passt auf.

Keine Chance für den gegnerischen Torhüter Jamie Grey, es steht 1:0 für die Gastgeber durch ein wunderschönes Tor vooooooon Marcel ..."
"Möller!", schrie Paul mit fast allen im Stadion. Das war ja kaum zu glauben – gerade fünf Minuten gespielt und schon stand es 1:0!
Und es ging genauso weiter. Obwohl die Engländer eigentlich super spielten, schnell waren und technisch gut, machten sie immer wieder leichtsinnige Fehler und verloren den Ball. Paul war stolz auf die Spieler der Eintracht Mittelstufe, denn die nutzten alle Fehler der Gegner aus und ließen Jamie im englischen Tor ganz schön alt aussehen. Als der Halbzeitpfiff ertönte, stand es 3:0 für die deutsche Mannschaft.

"I don't know **what's wrong** with my team. They can do a lot better than that", seufzte ein englischer Schüler, der neben Paul saß.
"Don't worry. Maybe it'll **get** better for them in the second **half**", tröstete Paul. Doch eigentlich wollte er natürlich, dass das Team seiner Schule gewann.
Als die Mannschaften nach der Halbzeitpause wieder auf den Platz kamen, sah Paul, dass der Trainer Robin eingewechselt hatte.
"**Look**, Jamie's **out**", sagte er zu seinem Sitznachbarn.
"Oh, **so he is**!", bemerkte der, nicht weniger überrascht. "That's a surprise. Robin hasn't played very often **before**. Actually, I don't know **whether** she's any good."
Aber seine Sorge war unbegründet, denn Robin ließ sich nichts zuschulden kommen. In der zweiten Halbzeit gelang der deutschen Mannschaft kein Treffer mehr, dafür schoss die englische aber zwei Tore. Das Spiel war kurz davor zu kippen. Und es waren noch zehn endlose Minuten zu spielen.

---

what's wrong was los ist
get wird
half Hälfte
Look. Guck mal.
out draußen
So he is. Stimmt.
before vorher
whether ob

"Your team was resting on their **laurels**, weren't they? **Just** wait and see, we'll **score another** goal. Maybe even two!"
Paul zuckte nur mit den Achseln, als sein Nachbar ihn mit neuer Zuversicht angrinste. Paul war nervös. Die englische Mannschaft stürmte aufs Tor, doch zum Glück hielt der deutsche Torwart von nun an sehr gut. Jetzt wieder ein Angriff auf das englische Tor – Mist, Fehlpass. Paul sah alle zehn Sekunden auf die Uhr. Warum pfiff der Schiedsrichter nicht endlich ab?
"Oh, look! There's a **fight**!" Paul bekam einen Stups von seinem Sitznachbarn und schaute wieder aufs Feld, wo es tatsächlich ein Gerangel gab.
"What **happened**?", fragte Paul.
"Robin **caught** the ball in the **air** and **slightly touched** that German girl", erklärte der englische Junge.

---

laurels Lorbeeren
just einfach
score schießen
another noch ein
fight Streit
happened ist passiert
caught hat gefangen
air Luft
slightly leicht
touched hat berührt

Melanie, die deutsche Stürmerin, wälzte sich theatralisch am Boden und hielt sich das Gesicht.
"Get up! Robin **hardly** touched you!", schrie Pauls Sitznachbar in Melanies Richtung. "**Stop exaggerating!** Robin **would have to** push you much harder than that **to knock you down**! Get up, you can't be **hurt**!"
Das schienen auch sämtliche Spieler des englischen Teams so zu sehen, denn sie standen um Melanie herum und redeten auf sie ein.
"Stop being **such** a baby!"
"Get up and play!"
"That was not a foul!"

Schließlich beendete der Schiedsrichter die Diskussion, indem er einfach weiterspielen ließ. Melanie rappelte sich auf und sah sich giftig um.
"You **cheats**!", schrie sie. "That was a foul! How could you not see that?"
"Oh, come on. Let's just play, okay?", sagte Robin genervt und spielte den Ball ab. Melanie sah sie an, als wolle sie ihr direkt den Kopf abbeißen. Robin grinste

---

hardly kaum
Stop exaggerating! Hör auf zu übertreiben!
would have to müsste
to knock you down um dich niederzuschlagen
hurt verletzt
such so
cheat Falschspieler(in)

nur, was Melanie natürlich noch mehr auf die Palme brachte.
In diesem Moment ertönte der Schlusspfiff. Die deutschen Schüler sprangen auf und stürmten aufs Feld, um ihre Mannschaft zu feiern. Die englischen Fans kamen hinterher, wenn auch etwas langsamer.
“You played really **well**!”, sagte Paul zu Robin, als er sich endlich den Weg zu ihr hin gebahnt hatte. Robin sah ihn bloß traurig an.
“But we **still** lost ...”
“But we **didn’t** score a **single** goal while you were goalkeeper”, sagte Paul. “You can be proud of that. I **bet** your **coach** makes you first keeper now.”
“Do you **really** think so?”, fragte Robin. Ihre Miene hellte sich zusehends auf.
Wie um Pauls Worte zu bestätigen, kam der Trainer des englischen Teams auf Robin zu und schüttelte ihr die Hand.
“Good girl! You **did an excellent job**. Next **time**

---

well gut
still immer noch
didn’t haben nicht
single einzig
bet wette
coach Trainer(in)
really wirklich
did an excellent job hast hervorragende Arbeit geleistet
time Mal

you'll play from the **start**! If you want to, of course."
Robin lief rot an und bekam kein Wort heraus. Sie nickte überwältigt. Paul grinste.
"If you **blush** a little **more**, I **won't be able to tell** your **skin from** your hair."
Robin gab ihm einen Knuff.
"I can't believe it. I'm first keeper!", freute sie sich.
"That's so cool! **Congratulations!**", rief Paul.
Weder er noch Robin bemerkten, dass Jamie ihr Gespräch belauschte und seine Miene dabei immer finsterer wurde.
Auf dem Feld ließen die deutschen Schüler die Torschützen hochleben, die englischen Kicker gratulierten artig zum Sieg. Sie waren zwar etwas geknickt, doch nach ein paar Gläsern Limonade und einigen Würstchen erschien die Niederlage nicht mehr ganz so bitter.

---

start Anfang
blush errötest
more mehr
won't be able to werde nicht können
skin Haut
tell from von ... auseinander halten
Congratulations! Gratuliere!

An Injured Mascot

Einen Tag später saßen Robin und Paul in der großen Pause zusammen auf dem Schulhof und aßen ihre Brote. Paul war aufgeregt, denn am Nachmittag sollte er ja zum ersten Mal spielen.
"Are you **nervous**?", fragte Robin ihn, als hätte sie seine Gedanken gelesen.
Paul schüttelte ein bisschen zu schnell den Kopf. Das fehlte noch – vor ihr zuzugeben, dass er nicht nur ein bisschen nervös, sondern vollkommen durch den Wind war.
"No, I'm fine. It is not my first match, you know", antwortete er etwas zu großspurig und machte dabei eine abwehrende Handbewegung.
Robin nickte nur und grinste in sich hinein.
"**When** our coach told me to play the second half, I **got** so nervous I could hardly **lace up** my shoes", erzählte sie leichthin.
"Oh, really?", fragte Paul. "Well … I **might be a bit** nervous, then."

---

injured verletzt
mascot Maskottchen
nervous nervös
when als
got bin geworden
lace up zuschnüren
might be bin vielleicht
a bit ein bisschen

Während Paul kurz vorm Anpfiff noch auf dem Aufwärmplatz unterwegs war, holte Robin sich einen Saft und nutzte die Gelegenheit, bei den Green Devils vorbeizuschauen. Vielleicht konnte sie denen ja noch ein paar Tipps geben.

Schon vor der Kabinentür hörte Robin laute Stimmen und merkte sofort, dass etwas nicht stimmte. Sie ging hinein, doch die anderen bemerkten sie überhaupt nicht. Sie standen um etwas herum, das Robin nicht erkennen konnte.

"How could that happen? **Why didn't you keep an eye on him?**", rief eine wütende Stimme. Sie gehörte Ben, dem Mannschaftskapitän der Green Devils. Normalerweise war Ben ein sehr ruhiger Junge. Es musste schon einiges passieren, bevor er so sauer wurde. Robin trat näher, aber sie konnte noch immer nicht sehen, was die Mannschaft so aufbrachte.

"How **was** I **supposed to** know **something like this** would happen?", fragte Sandy, das Mädchen, das bei den Spielen immer das Kostüm von Maskottchen Rudy Reindeer trug.

"You **shouldn't** just **have left** him **here**", sagte Ben.

Why didn't you keep an eye on him? Warum hast du nicht auf ihn aufgepasst?
was supposed to sollte
something like this so was
shouldn't have left here hättest nicht hier lassen sollen

"Do you think we can **mend** him?", mischte sich Nicky, eine der Stürmerinnen, ein.
"I don't think so. Not **without** the **bit** that'**s been torn off**", sagte Ryan, der heute als Verteidiger auf der Bank sitzen sollte.
Robin kam noch näher.
"What's wrong?", fragte sie.
Die anderen Schüler machten ihr Platz, und Robins Blick fiel auf das Rudy-Kostüm. Sie bekam einen gehörigen Schreck: Der Arme war kaum wiederzuerkennen. Jemand hatte seine Nase brutal abgerissen. Es war ein furchtbarer Anblick, und Robin fiel fast ihre Flasche aus der Hand.
"Oh no! **Who did that?**", fragte sie entgeistert.
"We don't know. He was **all right** this morning, but when I arrived **a few minutes ago** he looked like this", erklärte Sandy. Sie war den Tränen nahe, zumal die anderen zu glauben schienen, dass alles ihre Schuld war. Sicher hatte sie das Kostüm eine Weile unbeaufsichtigt in der Kabine liegen lassen – aber wer rechnete denn auch mit so was?

---

mend reparieren
without ohne
bit Stück
has been torn off abgerissen worden ist
Who did that? Wer war das?
all right in Ordnung
a few minutes ago vor wenigen Minuten

"**Could** it **have been** an **accident**?", fragte Robin.

"No, **someone definitely** did it **on purpose**", sagte Ben grimmig. Seine Miene ließ keinen Zweifel daran, dass er den Übeltäter am liebsten sofort zur Rechenschaft gezogen hätte. Aber wie sollten sie herausfinden, wer Rudy das angetan hatte? Die Tür zur Kabine war nicht verschlossen gewesen – so ziemlich jeder hätte hereinkommen und ihrem Maskottchen die Nase abreißen können.

Gerade als die Kinder anfingen zu überlegen, wie sie weiter vorgehen wollten, kam ihr Trainer in die Kabine und rief:

"**Have** you **forgotten about** the match? We're waiting for you **out there**! Get out on the field and play! And Sandy, get into that **costume right away**!"

"I can't", sagte Sandy kläglich.

"What? How are we supposed to win without Rudy?"

---

could have been hätte sein können
accident Unfall
someone jemand
definitely ganz bestimmt
on purpose absichtlich
have forgotten about habt vergessen
out there da draußen
costume Kostüm
right away sofort

"Well ... how are we supposed to win with Rudy in this **state**?", mischte Robin sich ein.
"What state?", fragte der Lehrer verständnislos.
"Rudy**'s lost** an important **part** of his body ... He's now Rudy the **Noseless Reindeer**."
Der Lehrer sah Robin verwirrt an, dann fiel sein Blick auf das Maskottchen, und seine Kinnlade klappte runter.
"What ...?"
"We don't know", sagte Ben rasch.
"Okay, we'll talk about this later", sagte der Sportlehrer mit einer unwirschen Handbewegung. "Just go out and play now."
Die Mannschaft setzte sich zögernd in Bewegung. Sandy trottete wie ein begossener Pudel ohne ihr Kostüm als Letzte aus der Kabine. So richtig war niemand in Stimmung für das Spiel gegen den FC Rakete.
Trotzdem war ohne Rudy nicht gleich alles verloren – das Spiel endete 2:2 unentschieden.
"Were you happy **with the way** you played?", fragte Robin, als sie später mit Paul im Garten seiner Eltern

---

state Zustand
has lost hat verloren
part Teil
noseless nasenlos
reindeer Rentier
with the way damit wie

saß. Paul hatte einen Eisbeutel auf dem Knie, denn einer der englischen Stürmer hatte es während des Spiels mit der Fairness nicht so ganz genau genommen. Es war aber nichts Schlimmeres passiert. Mit dem blauen Fleck, den es sicher geben würde, konnte man nachher prima angeben. Und ein bisschen humpeln schadete vermutlich auch nicht, überlegte Paul.
"Yes, I'm happy. But I am also angry that the Green Devils **scored twice after** we **were leading** 2:0", antwortete Paul.
"It wasn't your **fault** that the English team scored. You did a good job on the **left-hand side**."
"Thank you – but maybe I **should have changed** sides. I think I could have stopped **at least** one goal."
"You can't do the other defenders' job **as well**", wandte Robin ein. Obwohl sie sicher recht damit hatte, war Paul ein wenig enttäuscht vom Spielausgang. Na ja, ein Punkt war immer noch besser als keiner. Allerdings musste seine Mannschaft das nächste

---

scored twice zweimal getroffen haben
after nachdem
were leading geführt haben
fault Schuld
left-hand linke
side Seite
should have changed hätte wechseln sollen
at least wenigstens
as well auch noch

Spiel jetzt ebenso dringend gewinnen wie Robins. Sonst war es Essig mit dem Halbfinale.
"But the match wasn't **the most interesting thing** that happened today", unterbrach Robin seine Gedanken.
"You mean the **fact** that **somebody sabotaged** your mascot?", fragte Paul.
"Exactly. I think it's time for **some detective work**", antwortete Robin.

---

the most interesting thing das Interessanteste
fact Tatsache
somebody jemand
sabotaged kaputt gemacht hat
some etwas
detective work Detektivarbeit

"Detective work?", fragte Paul und schaute unter den Eisbeutel auf seinem Knie, ob vielleicht schon was von einem blauen Fleck zu sehen war.
"Yes. We have to **find out** who **hurt** Rudy."
"*Hurt* him? He's **just** a mascot ..."
"No, he's not! He's an important part of the team", sagte Robin empört. Paul verdrehte die Augen. Mädchen ...
"Well, what about your **lucky shin pads**?", fragte Robin herausfordernd.
"What do you know about my shin pads?"
"Your mum told me."
Paul beschloss, ein ernstes Wort mit seiner Mutter zu reden. Robin war gerade mal drei Tage hier, und schon erzählte sie ihr von seinen Glücksstutzen, ohne die er nicht gewinnen konnte.
"But they *are* lucky. I didn't wear them today, and we didn't win!" – Für Paul ein unschlagbares Argument.
"You didn't win because you're a **hopeless** defender."
Robin lachte.

---

find out herausfinden
hurt verletzt hat
just nur
lucky Glück bringend
shin pads Schienbeinschützer
hopeless miserabel

"And you didn't win because the English will **never** have any good goalkeepers!"
"Oh! Take that back **immediately**!"
"No, I won't! Because it's **true**!" Paul sprang auf und rannte vorsorglich ein paar Meter weg. Bei der Verfolgungsjagd durch den Garten vergaß Paul völlig, dass er ja eigentlich hatte humpeln wollen.
Schließlich saßen die beiden japsend und lachend auf dem Rasen.
"What was that you **said** about detective work?", fragte Paul, als sie wieder etwas zu Atem gekommen waren.
"Oh yes, I **nearly forgot**", meinte Robin.
"How do you want to find out who did that to Rudy? I mean – it could have been **anyone**."
"Yes, I know", seufzte Robin.
"But who had a motive? Maybe that's the key", schlug Paul vor.
"I've been thinking about that, too. It **must have been** someone who doesn't like our team."
"Which means the Germans, does it?"

---

never nie
immediately sofort
true wahr
said gesagt hast
nearly fast
forgot habe vergessen
anyone jeder
must have been muss gewesen sein

"Maybe ..." Robin hielt inne. Sie wollte Paul nicht zu nahe treten.
"Go on, **I don't mind**", sagte Paul.
"It must be someone who **gains** something if the English team loses."
"Or somebody who wants to take **revenge**."
"But revenge for what?"
"Hmm ..."

Doch solange sie auch überlegten, es wollte ihnen niemand einfallen, der Rudys Nase auf dem Gewissen haben könnte.
"**There's** only one thing we can do ...", sagte Paul schließlich.
"What's that?", fragte Robin.
"We have to keep our eyes open and wait."
"Wait? What for?"
"**Until** he or she - the saboteur - **strikes** again."
Robin staunte. Daran, dass es noch mehr Streiche geben könnte, hatte sie noch gar nicht gedacht.

I don't mind. Das macht mir nichts.
gains gewinnt
revenge Rache
there's es gibt
until bis
strikes zuschlägt

Dirty Tricks

Die Augen offen zu halten, war gar nicht so einfach, stellten Robin und Paul bald fest. Eigentlich hatten die beiden verabredet, vor dem nächsten Spiel unauffällig vor der Kabine des englischen Teams Wache zu schieben. Heute sollten die Crunchy Cookies gegen die Kickerkönige spielen. Dabei hatten sie aber die Rechnung ohne die Lehrer gemacht, denn die hatten an diesem Nachmittag andere Pläne mit den beiden. Robins Trainer hatte ihr gesagt, sie solle dem Torwart der Cookies Tipps geben und vor dem Spiel ein paar Bälle mit ihm spielen. Und Paul musste Getränke für die Kickerkönige besorgen.

Das nahm eine Weile in Anspruch. Er musste erst zum Hausmeister, der die Getränke ausgab, und sie dann in die Gemeinschaftskabine der Kickerkönige bringen. Die Kabinen lagen in einem Gebäude, das nicht weit vom Sportplatz und den Turnhallen entfernt war. Pauls Schule war sehr groß und hatte neben dem Sportplatz noch zwei Turnhallen, die zum Glück alle jeweils eigene Umkleidekabinen hatten. Die Mannschaften, die nachmittags oder abends trainierten, bekamen bestimmte Kabinen zugeteilt. Manchmal, wenn die Kabinen nicht gleich wieder gebraucht wurden, konnten die Spieler ihre Sachen auch nach

---

tricks Streiche

dem Training dort liegen lassen und mussten sie nicht gleich wieder nach Hause schleppen.
Für die Spiele aber waren für jedes Team immer jeweils die gleichen drei Kabinen reserviert: eine für die Jungs, eine für die Mädchen und eine, in der sich alle Spieler einer Mannschaft vor dem Match trafen. Nach dem Umziehen brachten alle ihre Sachen in diese Gemeinschaftskabine, dann ging es zum Aufwärmen. Paul brachte die Getränke in die Gemeinschaftskabine, damit die Spieler zwischen Aufwärmen und Spiel noch etwas trinken konnten.
Die Lehrer hatten zwar versprochen, auf die Sachen achtzugeben, darauf vertrauen mochten Robin und Paul aber nicht. Und so waren sie etwas unruhig, als sie sich kurz vor dem Spiel auf der Tribüne trafen.
Tatsächlich ließ das englische Team beim Einlaufen der Mannschaften auf sich warten. Die deutschen Schüler standen bereits seit fünf Minuten auf dem Platz, da war noch immer kein englisches Trikot zu sehen.
"The English **players** are having some problems. We**'ve just heard** from the **changing rooms** that they'll be here in a few minutes. Please **be patient**,

players Spieler(innen)
just gerade
have heard haben gehört
changing rooms Umkleidekabinen
be patient habt Geduld

they tell us it won't **take** long", schallte es da aus dem Lautsprecher. Robin spurtete sofort in Richtung Kabine. Paul stürmte hinterher.

In der Kabine der englischen Spieler bot sich ihnen ein heilloses Durcheinander.

"What's happened this time?", fragte Paul atemlos.

"Somebody'**s tied** all our **shoelaces together**", sagte Mario, ein drahtiger kleiner Mittelfeldspieler. Paul musste sich ein Grinsen verkneifen. Immerhin war dieser Streich nicht so gemein, wie Rudy die Nase abzureißen. Und wirkungsvoll war er allemal. Denn wenn die Crunchy Cookies so weitermachten, würden sie die Schuhe nie auseinanderbekommen und mussten in den Turnschuhen spielen, in denen sie sich warm gemacht hatten. Das wäre natürlich ein klarer Nachteil gegenüber Spielern mit Stollenschuhen.

"Don't pull, that'll only make it **worse**", sagte Robin. Sie brachte etwas Ruhe in den aufgescheuchten Haufen, und nach etwa zehn Minuten hatten sie alle Schuhe auseinandergeknotet.

Das Spiel konnte endlich beginnen. Das englische Team war so durcheinander, dass es in der ersten Halbzeit grottenschlecht spielte, was die deutschen Spieler allerdings nicht zu ihrem Vorteil nutzten. In

---

take dauern
shoelaces Schnürsenkel
has tied together hat zusammengebunden
worse schlimmer

der zweiten Hälfte kam dann etwas mehr Fluss ins Spiel, trotzdem endete es mit einem enttäuschenden 0:0.

"So ein Mist", meinte Paul nach dem Abpfiff. Eigentlich war er ja für die Deutschen, aber wenn die Engländer wegen eines Streichs schlecht spielten, konnte er sich über den einen Punkt für die Kickerkönige nicht freuen.

"We have to find out **who's behind all this**", murmelte Robin. Paul nickte.

Dass es dringend an der Zeit war, etwas zu tun, wurde Robin noch am selben Abend endgültig klar, als sie bei den Reuters ihr Trikot aus der Sporttasche zog. Sie hatte es beim Spiel am Montag getragen und dann in der Tasche gelassen. Was das Chaos in ihren Sachen anging, war Robin nämlich keinen Deut besser als Paul.

"At least I'**ve remembered** to **dry** it before the next mat- ", murmelte Robin, als sie das Shirt aus der Tasche zog. Fassungslos starrte sie das Trikot an. Es war von oben bis unten voller Dreck – und das war kein normaler Dreck wie nach jedem Spiel. Nein, das Trikot war …

---

who's behind all this wer dahintersteckt
have remembered habe mich daran erinnert
dry trocknen

"... **completely ruined**", flüsterte das Mädchen entsetzt und rief dann nach Paul.
Der saß im Nebenzimmer über einer Matheaufgabe, die er bis zum Abend erfolgreich vor sich hergeschoben hatte. Als er Robin hörte, war er froh über die Unterbrechung, sprang auf und lief rüber ins Gästezimmer. Dort stand Robin und hielt ihm wortlos ihr Trikot hin.
"What did you do with it?", fragte Paul ungläubig. Er hatte Mühe, in dem Dreckfetzen überhaupt ein Trikot zu erkennen.
"I didn't do anything!", regte sich Robin auf. "I **put** it in my bag after the match on Monday, and now it looks like this!"
"But who ...?", fragte Paul.
"I don't know. But it's definitely time to do something. To tie shoelaces together is one thing, but to ruin my lucky football **shirt** is **another**", sagte Robin grimmig.
Paul untersuchte das Trikot genauer. Vielleicht gaben die Dreckspuren ja Aufschluss über den Übeltäter. Für einen Moment kam Paul sich vor wie ein Kommissar.

---

completely vollkommen
ruined ruiniert
put habe gesteckt
shirt Trikot
another eine andere

"Well, we have **ordinary dirt** and … erm … **less** ordinary dirt", lautete schließlich das nicht sehr erhellende Ergebnis seiner Spurensicherung.
Robin verdrehte die Augen.
"Let me see." Ungeduldig nahm sie ihm den Stoff aus den Händen und untersuchte ihn selbst.
"Well, this is normal dirt from the football **pitch**.

---

ordinary gewöhnlichen
dirt Schmutz
less weniger
pitch Spielfeld

This looks like jam, and this might be … **oil**." Sie verzog angewidert das Gesicht. "Here's something that looks like chocolate. But it could be –"

"I don't want to think about what it could be!", unterbrach Paul sie.

"Well, **anyway**, all the **stains** are **stuff** that **everybody** has **at home**", sagte Robin entmutigt.

"But when do you think they did it?", fragte Paul.

"It must have happenend **during** the match, **either** yesterday or today. **Nobody** was in the changing rooms, they were all watching the match. It was the perfect time."

Paul nickte. Also konnte es wieder jeder getan haben. Es half nichts, sie kamen dem Täter einfach nicht näher. Aber jetzt hatten sie sowieso ein dringenderes Problem: Sie mussten das Trikot wieder sauber bekommen –

"Mamaaaa …!"

---

oil Öl
anyway jedenfalls
stains Flecken
stuff Zeug
everybody jede(r)
at home zu Hause
during während
either entweder
nobody niemand

A Chase Through the Tool Shed

Am Donnerstag ging Robin in der Pause zu ihrer Sportlehrerin und erzählte ihr von der Sache mit dem Trikot. Mrs Berry zeigte sich zwar erstaunt, schien die Sache aber nicht weiter ernst zu nehmen.
"I don't think anybody did it on purpose. You should **look after** your things better, Robin", lautete ihr Kommentar. Robin verstand nicht, wie Mrs Berry so gleichgültig reagieren konnte.
"But I told you they weren't ordinary stains", machte sie einen letzten Versuch. Wie hätte sie denn bitte während des Spiels Motoröl auf das Shirt bekommen sollen? Oder Marmelade? Auf den Spielfeldern lag zwar allerlei herum, aber kein Frühstücksbüfett. Doch da war nichts zu machen. Mrs Berry hatte sich schon wieder abgewendet.
Auch Paul war enttäuscht. Nun, wenn die Lehrer keine Maßnahmen ergreifen wollten, mussten sie eben selbst aktiv werden.
Wie bald sie aktiv werden mussten, ahnten weder Robin noch Paul zu diesem Zeitpunkt.
Nach dem Unterricht stand schon das nächste Spiel

---

chase Jagd
tool shed Geräteschuppen
look after ... auf ... aufpassen

an. Robin stürmte mit dem Klingeln der Schulglocke aus dem Raum, um möglichst schnell zu den Umkleidekabinen am Sportplatz zu kommen. Es war bereits nach der sechsten Stunde, und Robin wusste, dass viele Schüler heute schon nach der fünften frei gehabt hatten.

If the saboteur's lessons **finished** early, he'll have had **enough** time to do **whatever** he**'s planning next**, dachte Robin. Die Tür zur Kabine des englischen Teams stand einen Spalt offen. Und als Robin die Tür ganz öffnete, hörte sie, wie jemand aus der zweiten Tür stürmte, die zur Dusche führte. Als Robin ankam, war schon niemand mehr zu sehen. Sie rannte auf gut Glück nach rechts und hatte damit den richtigen Riecher. Zwar erkannte sie immer noch nicht, wen sie da verfolgte, aber zumindest erhaschte sie einen Blick auf den Fliehenden.

"Stop! I'm going to **get** you **anyway**!", rief sie, doch die Gestalt verschwand im Geräteschuppen.

Now you're **trapped**, dachte Robin und freute sich.

---

finished zu Ende waren
enough genug
whatever was auch immer
is planning plant
next als Nächstes
get schnappen
anyway sowieso
trapped in der Falle

Im Schuppen war es stockdunkel. Ein paar Meter entfernt von ihr atmete jemand heftig.
"I can hear you **breathing**, so come out!", rief Robin. Sie wollte sich vortasten, doch überall standen Kreidewagen, Besen, Harken, Schubkarren und andere Sachen herum. Robin konnte nicht erkennen, wohin sie lief – es war einfach unmöglich, sich leise zu bewegen.
Sie machte ein paar beherzte Schritte in die Richtung, in der sie das Versteck vermutete – und fiel mit lautem Getöse über eine Schubkarre. Ihr Gegner nutzte die Chance und flüchtete durch die zweite Tür des Geräteraums, von der Robin nichts wissen konnte.

Robin lag der Länge nach hingestreckt neben der Schubkarre und hätte vor Wut heulen mögen.
"I was so **close**!", schrie sie und rappelte sich mühsam auf. Der andere war natürlich über alle Berge.
Als Robin eine Weile später in die Kabine der Mighty Moose zurückkehrte, sah sie ziemlich mitgenommen aus.
"What happened to you?", fragte Tori, eine Verteidigerin. Robin winkte ab.
"I tried to **follow** someone I **saw** running out of our changing room", sagte sie.

---

breathing atmen
close nah dran
follow verfolgen
saw gesehen habe

"Did you catch him?", fragte Tori aufgeregt. Robin schüttelte den Kopf.

"Well, we'd better catch this someone soon. We're all starting to get **pissed off with** this." Mit diesen Worten hielten Tori und noch ein paar andere Spieler ihre Trikots hoch. Robin schnappte nach Luft. Alle Trikots waren verschmiert. Doch diesmal nicht mit Dreck, sondern mit Farbe. Robin kniff die Augen zusammen – offenbar hatte jemand etwas auf den Stoff geschrieben.

"**Oh dear ...**", sagte sie, als sie erkannte, was da stand. Auf allen Trikots der englischen Spieler prangte das Wort "Looser".

---

pissed off with stinksauer über
Oh dear ... Oje ...

Everybody Becomes a Suspect

"Well, our friend is a loser **himself** – he ca**n't even spell**", sagte Paul, nachdem er die verschmierten Trikots ebenfalls begutachtet hatte.

Die Mighty Moose hatten in ihren Ersatztrikots spielen müssen und waren nicht über ein 1:1 hinausgekommen.

"That definitely means it's one of the Germans, doesn't it?", fragte Robin.

Paul nickte.

"But the **spelling** isn't the **only clue**. Our friend **obviously knew his way around**. Nobody from the English team **would have known** that the tool shed has two doors", sagte er.

"At least we can now **cross a few** suspects **off** the **list**", meinte Robin. Doch viel leichter war die

---

suspect Verdächtige(r)
himself selbst
not even nicht mal
spell buchstabieren
spelling Rechtschreibung
only einzige
clue Hinweis
obviously offensichtlich
knew his way around kannte sich hier aus
would have known hätte gewusst
a few einige
cross off streichen von
list Liste

Tätersuche nicht geworden. Es gab immer noch viel zu viele Verdächtige.

Und dazu kam ein Donnerwetter der Lehrer, die offenbar genug von diesen Sabotageakten hatten. Eine Schulversammlung wurde für den nächsten Morgen einberufen, auf der die englischen und die deutschen Lehrer an den Täter appellierten, den Unsinn sein zu lassen.
Robin lachte nur. "**As if** that's going to help", sollte das heißen.
"The players must all keep an eye on their things from now on", sagte einer der englischen Lehrer. "The changing room doors will be **locked** – only teachers and **team captains** will have keys. And please **report** everything and everyone you think looks **suspicious**."
"Falls sich aber der Täter oder die Täterin nicht meldet, wird das Turnier nach der Vorrunde beendet", fügte Studienrat Ziegler hinzu – und erst da wurden die Schüler hellhörig. Das Turnier abbrechen? Das konnte doch nicht sein Ernst sein?!

---

as if als ob
locked abgeschlossen
team captains Mannschaftskapitäne
report meldet
suspicious verdächtig

"It feels like everyone **suddenly suspects everybody else**", sagte Robin kurze Zeit später.
Paul stimmte ihr zu. "Everybody seems to be sure that at least one of their **classmates** is **guilty** of something."
"Yes, and they're going and telling the teachers **the most ridiculous** things", sagte Robin.
"Have you heard about Patrick? He **was accused of having stolen** Martin's bag. But it wasn't Martin who accused him; it was somebody else who wanted to **get his own back** on Patrick. And of course the bag hadn't been stolen at all. Martin just forgot where he'd put it", erzählte Paul kopfschüttelnd.
"I know a few people from my school are really hoping the saboteur will strike again. They seem to think they're in **some kind of** film", ergänzte Robin.
Allzu lange mussten die Schüler nicht warten – der Unbekannte schlug schon bald wieder zu. Allen Vorsichtsmaßnahmen zum Trotz war es ihm gelungen,

suddenly plötzlich
suspects verdächtigt
everybody else alle anderen
classmates Mitschüler(innen)
guilty schuldig
the most ridiculous die lächerlichsten
was accused wurde beschuldigt
of having stolen gestohlen zu haben
get his own back sich rächen
some kind of eine Art

die Klettriemen von Robins Torwarthandschuhen zu zerschneiden. Robin war am Boden zerstört, als sie das am Freitagmittag entdeckte, zumal die Lehrer ihr auch noch Vorwürfe machten.
"**The worst thing** is that **they're right**", seufzte sie, "I **did leave** my bag somewhere for a few minutes today. And obviously those few minutes were enough …"
Paul versuchte sie zu trösten, doch vergeblich. Robin ärgerte sich, dass sie nicht besser aufgepasst hatte, und außerdem, dass sie überhaupt keine Hinweise auf den Verdächtigen erkennen konnte.
"I **left** the bag in the **corridor** and went back to the classroom to get my pen", erklärte sie Paul zum wiederholten Mal. "But there were so **many** people in the corridor; I don't remember **anyone** doing anything suspicious."
"Okay – **first of all** we have to mend your gloves", beschloss Paul. "Then you have to play your match, and then I'll tell you about my plan."
"Your plan?"

---

the worst thing das Schlimmste
they're right sie recht haben
did leave habe gelassen
left habe gelassen
corridor Flur
many viele
anyone jemand
first of all zuerst

"Yes, my plan to catch the saboteur. If I tell you now you'll be **distracted** and you won't play **properly**", sagte Paul.
"**It's** more **distracting** *not* knowing your plan, actually", murrte Robin, doch Paul ließ sich nicht erweichen.
Also fügte sich Robin und ließ ihn ihre Handschuhe reparieren. Paul schaffte es mit einer wilden Klebebandkonstruktion, die Handschuhe wieder halbwegs hinzubekommen.
Zum Glück ließ Robin sich von solchen Äußerlichkeiten nicht stören und lieferte wieder eine klasse Leistung ab. Die Three Lions gewannen mit einem deutlichen 4:0 gegen die Kickerkönige, die ihrem Namen an diesem Tag so gar keine Ehre machten. Nun hatten die Lions immerhin drei Punkte und ein einigermaßen gutes Torverhältnis. Mit etwas Glück würden sie es bis ins Halbfinale schaffen.
Paul war sehr stolz auf Robin, doch die ließ kaum zu, dass er ihr nach dem Spiel gratulierte.
"Yes, I was good, the team was good, we **won** and we might **reach** the next **round**", sagte sie in einem

distracted abgelenkt
properly richtig
it's distracting es lenkt ab
won haben gewonnen
reach erreichen
round Runde

Ton, in dem sie auch blablabla hätte sagen können. "Tell me your plan! Now!"

"Okay, okay", sagte Paul beschwichtigend. "I'**ve thought of** something our friend won't be able to **resist**. The perfect **opportunity**."

"Come on, tell me more!" Robins Ungeduld war nicht zu überhören.

"Well, your team won't play again before Saturday, if you're in the **semi-finals**, right?", fragte Paul. "So you won't need your **equipment** before then, will you?"

"No ... What does that **have to do with** your plan?"

"What colour are your team's shin pads?"

Robin dachte kurz nach.

"Red", sagte sie dann.

"Excellent", freute sich Paul. "I think my dad has some red **paint** in his tool shed. This red paint that **takes** a very long time to dry."

Auf Robins Gesicht tanzten die Fragezeichen Polka.

---

have thought of habe mir ausgedacht
resist widerstehen
opportunity Gelegenheit
semi-finals Halbfinale
equipment Ausrüstung
have to do with ... hat mit ... zu tun
paint Farbe
takes braucht

"**What are you up to?**", fragte sie.
Ein paar Minuten später hatte Paul sie eingeweiht. Robin bekam ganz leuchtende Augen. "Paul's really thought of a good plan", dachte sie.
Am Wochenende fiel es den beiden schwer, nicht dauernd über ihren Plan nachzudenken. Robin und Paul konnten es ausnahmsweise kaum erwarten, dass es endlich Montag wurde.
Am Samstag nahm Paul Robin mit zu seinen Fußballkumpels aus dem Sportverein und sie spielten eine Weile zusammen auf dem Bolzplatz. Die Jungs zeigten sich angemessen beeindruckt von Robins Torwartqualitäten. Und abends durften Paul und Robin nach der Sportschau sogar zum Sportstudio aufbleiben.

What are you up to? Was hast du vor?

Somebody Gets Caught Red-Handed

Für ihr Vorhaben brauchten Paul und Robin die Zustimmung der Lehrer, doch das war kein Problem, denn die waren gleich begeistert.

"You **may both** have two lessons **off** so you can **carry out** your plan", sagte Studienrat Ziegler.

Und so liefen die beiden am Montagmorgen in der Pause durch die Schule und streuten Gerüchte, dass die englischen Mannschaften in Bezug auf ihre Sachen schon wieder nachlässig geworden seien.

"I can't believe the Green Devils left the changing room door open during their training yesterday!", rief Robin empört in Richtung Paul und achtete darauf, dass möglichst viele Kinder in der Nähe waren und mithörten.

"Yes, that was really **stupid**. Just because nothing else has happened doesn't mean the saboteur won't strike again", pflichtete Paul ihr bei.

---

gets caught wird erwischt
red-handed auf frischer Tat
may dürft
both beide
off frei
carry out durchführen
stupid dumm

So regten sie sich noch eine Weile künstlich auf. Spätestens bis zum Spiel am Nachmittag würde sicher die halbe Schule wissen, dass die Tür zur Kabine der englischen Schüler am Vortag sperrangelweit offen gestanden hatte und man wieder damit rechnen konnte. Und hoffentlich hatte es auch der Übeltäter gehört.

Paul und Robin hatten die Erlaubnis bekommen, schon in der dritten und vierten Stunde Teil zwei ihres Plans in die Tat umzusetzen.

Bewaffnet mit zwei Eimern der langsam trocknenden roten Farbe, mit Gummihandschuhen und sämtlichen Schienbeinschützern, die ihnen die Three Lions zur Verfügung gestellt hatten, gingen sie in eine der Kabinen und machten sich an die Arbeit. Nach einer Weile besahen sie sich zufrieden ihr Werk.

"I think we**'ve done** a **pretty** good job", sagte Robin.

Paul nickte. "You can hardly see anything."

Nun konnten die beiden nur noch warten. Und zwar darauf, dass der Täter geradewegs in die Falle lief.

Dazu aber mussten sie sich erstmal verstecken.

"I'll hide behind the door to the showers", sagte Robin. Paul wollte direkt in der Kabine warten. Er baute sich ein Versteck aus einem Haufen schmutziger

---

have done haben gemacht
pretty ziemlich

Trikots, die der Zeugwart der Mannschaft, die hier vorher trainiert hatte, noch nicht gewaschen hatte. Was er schon bald bereute, denn sonderlich gut roch es unter dem Haufen nicht. Aber nun konnte jeden Moment der Täter zur Tür hereinkommen.
“I really hope our friend turns up soon. I don’t know how long I can **stand** the smell”, sagte Paul noch, da klingelte es zum Schulschluss.
“We have to be **absolutely** quiet now”, sagte Robin. “This is it.”
Und tatsächlich! Schon bald nach dem Klingeln öffnete sich leise die Kabinentür und jemand schlich herein. Paul und Robin hielten den Atem an. Paul hatte sich ein kleines Loch in den Kleiderhaufen gemacht, aber er traute sich kaum, rauszugucken. Robin ging es ähnlich. Zwar stand die Tür zur Dusche nur einen klitzekleinen Spalt auf, doch sie fürchtete, dass der Unbekannte sie jeden Moment entdecken würde.
Paul und Robin hatten verabredet, den Täter erst zu stellen, nachdem er die Schienbeinschützer angefasst hatte. Nur so würden sie beweisen können, dass er wieder einen dieser “Streiche” spielen wollte.
Also mussten sie genau das tun, was ihnen am schwersten fiel: weiter ausharren.
Atemlos lauschten sie auf die Geräusche in der Kabine.

---

stand aushalten
absolutely vollkommen

Zuerst hörten sie nur Schritte. Robin linste durch den Türspalt. Der Unbekannte hatte die Schienbeinschützer entdeckt und – fasste sie an! Fast hätte Robin laut gejubelt. Das lief ja wie am Schnürchen.

"Oh, verdammt, was ist *das*?!" Eine Mädchenstimme! Paul und Robin hörten, wie ein Schienbeinschoner zu Boden fiel. Dann hörten sie Schritte, die sich schnell entfernten.

"Now!", rief Robin. Die beiden rannten auf den Flur und sahen gerade noch aus den Augenwinkeln, wie jemand durch die Tür am Ende des Ganges verschwand. Diese Tür führte direkt ins Schulgebäude und Robin und Paul stürzten hinter der Unbekannten her. Doch auf dem Schulflur sahen sie erstmal nur einen Haufen Schüler, die gerade in die Pause wollten.

"**Nobody move!**", rief Robin laut, und alle Schüler blieben wie angewurzelt stehen.

"Auf diesem Flur ist der Täter, der die ganzen Sabotageakte verübt hat!", schrie Paul, und sofort brach ein großes Stimmengewirr los.

"What did he say?"

"He said the saboteur is here in the corridor!"

"Wie kommt er denn darauf?"

"Woher will er das wissen?"

Nobody move! Keine Bewegung!

"How can he **prove** it?"
"He must be **crazy**!"
"No, he's not. The saboteur is here somewhere, and everyone has to stay where they are until we find out who it is!", rief Robin.
Das versprach interessant zu werden – die meisten kamen neugierig näher. Was hatten Robin und Paul da nur ausgeheckt?
Die beiden Detektive sahen sich aufmerksam um. Schaute irgendwer schuldbewusst drein? Wollte jemand das Weite suchen?
"**Have** you **noticed** anything suspicious?", fragte Robin, doch Paul schüttelte den Kopf. Niemand schien rot zu werden oder schuldbewusst zu gucken. Bis auf jemanden da ganz hinten, nahe der Tür …
"You!", rief Robin plötzlich und zeigte zum Ende des Ganges. Alle Köpfe drehten sich in diese Richtung, alle Augen folgten Robins Finger.
"Iiiiich? I mean … meeeee?", kam es von der Tür.
"Melanie?", fragte Paul ungläubig, doch schon in der nächsten Sekunde fügte sich in seinem Kopf alles zu einem perfekten Puzzlebild zusammen. Natürlich … das erste Spiel, Robins Rempler gegen die Stürmerin der deutschen Mannschaft, ihr finsteres Gesicht nach der Niederlage …

---

prove beweisen
crazy verrückt
have noticed hast bemerkt

“Yes, it must have been her. It **makes** perfect **sense**!”, sagte Robin aufgeregt.
“I didn’t do anything!”, schrie Melanie. “Prove that I did it!”
“Oh, that’s easy. I know that you just tried to sabotage our teams’ shin pads”, behauptete Robin.
“Pffffft ...” schnaubte Melanie verächtlich. Aber sie sah plötzlich nicht mehr ganz so selbstsicher aus.
“Yes, I know it was you.” Robin kam näher. “And I can prove it. Paul and I **painted** the shin pads red. So the **person** who touched them must have red hands now.”
Die übrigen Schüler hielten den Atem an.
“So if you’re not guilty **you won’t mind showing** us your hands, will you?” Mit diesen Worten ergriff Robin Melanies rechte Hand. Melanie erkannte, dass sie keine Chance mehr hatte und ließ alles mit sich geschehen. Robin riss Melanies Hand hoch und drehte sie so, dass alle die Handfläche der Stürmerin sehen konnten. Die *knallrote* Handfläche.
“Uuuuuuuh ...!” Ein Raunen ging durch den Flur.
“I think we’ve caught our saboteur!”, rief Paul.

---

makes sense ergibt einen Sinn
painted haben angemalt
person Person
you won’t mind showing es wird dir nichts ausmachen zu zeigen

Punishment and Reward

"But why did you do it?", fragte Mrs Myers Melanie, als diese eine Weile später im Lehrerzimmer vor dem halben Kollegium saß.
Diese zuckte nur mit den Schultern.
"**I just did**", antwortete sie und tat dabei sehr gelangweilt.
"I think I know why she did it", mischte sich Robin ein. "She and I had a kind of **argument** during our first match. I think Melanie wanted to take revenge."
"You **cheated**!", fuhr Melanie auf und sah nun richtig wütend aus.
"No, I didn't!"
"Girls, girls – **there's no need to shout at each other**", meinte Studienrat Ziegler. Robin und Melanie sahen das zwar etwas anders, wechselten dann aber nur noch böse Blicke.
"I'm sure you know that what you did was wrong", hob Mr Stanley an. "And I think we all agree that you **deserve** some kind of punishment."

---

reward Belohnung
I just did. Einfach so.
argument Streit
cheated hast falsch gespielt
There's no need to shout at each other. Ihr braucht euch nicht anzuschreien.
deserve verdient hast

“I don’t think she agrees”, sagte Paul mit einem Grinsen, denn Melanies Miene hatte sich bei dem Wort “punishment” noch einmal verfinstert.
“What do you think your punishment should be, Melanie?” Der Lehrer ignorierte Pauls Einwurf und wandte sich erneut an Melanie. Die starrte nur weiter finster vor sich hin.
“Okay, then we’ll have to think of something.” Studienrat Ziegler überlegte eine Weile, dann schlug er vor:
“You ruined the English team’s shirts, and Robin’s lucky shirt, and you ruined her gloves too, so I think you should –”

“What? No, no, no – I didn’t do anything to *her* shirt! And I didn’t even touch her gloves”, fuhr Melanie auf.
“Pardon?”
“I **admit** I **dirtied** the team’s shirts, but I didn’t touch Robin’s stuff.”
“Come on, Melanie. We’ve caught you now, **there’s no point in denying** anything.”
“But I didn’t do *that*!”, rief Melanie.
Die Lehrer wollten nichts weiter hören. Studienrat Ziegler wischte die Proteste der Übeltäterin mit einer

---

admit gebe zu
dirtied habe beschmiert
there’s no point in denying ... es hilft überhaupt nicht, ... abzustreiten

Handbewegung vom Tisch und fuhr fort: "As a punishment I think you should **wash** the team's shirts. All of them."
Die anderen Lehrer nickten. Das schien ihnen ein guter Vorschlag zu sein. Melanies Miene hellte sich auf. Ach, das war ja eine schöne Strafe. Sie würde die Trikots einfach mit nach Hause nehmen, sie ihrer Mutter geben – und schon war die Sache erledigt.
"But I think she should do it **in public**", ergänzte der Sportlehrer. Er ahnte offenbar, was Melanie vorhatte.
"What?", fragte das Mädchen entgeistert. Robin stupste Paul an und grinste.
"To make this a **real** punishment, I think you should wash the shirts with the English team watching. So they can **make sure** they're really clean. And I think you should do it **the old-fashioned way** – by hand, in a **tub**. Let's say – tomorrow afternoon?"

Robin und Paul freuten sich diebisch, dass es ihnen gelungen war, Melanie zu fassen. Die Nachricht, dass die beiden Hobby-Detektive mit ihrer List erfolgreich

---

wash waschen
in public in der Öffentlichkeit
real echt
make sure sicherstellen
the old-fashioned way auf altmodische Weise
tub Waschzuber

gewesen waren, verbreitete sich wie ein Lauffeuer an der Schule. Immer wieder mussten sie erzählen, wie sie auf die Idee mit der Farbe gekommen waren und wie alles abgelaufen war. Fast geriet darüber das Fußballspiel am Nachmittag in Vergessenheit. Selbst Paul hätte fast vergessen, dass er gleich auf dem Platz stehen sollte.

Am Ende stand es 3:0 für den FC Rakete. Die Crunchy Cookies hatten keine echte Chance gehabt. Als Robin und Paul nach Hause kamen, mussten sie sich erstmal von der ganzen Aufregung erholen.

"The best thing is that we do**n't** have to watch our stuff **all the time** any **more**", seufzte Robin abschließend, nachdem sie Pauls Eltern die Geschichte von Melanies *Festnahme* beim Abendbrot noch einmal erzählt hatten.

"Well, it wouldn't be a bad idea to keep an eye on your stuff anyway", schmunzelte Frau Reuter.

"But you know what I mean ...", sagte Robin, und Pauls Eltern lachten.

"**Just kidding.** We're very proud of you. It was a good plan, and it worked", sagte Pauls Vater. "I think you both deserve a reward - especially as my **talented** son also won his match today!"

---

all the time die ganze Zeit
not any more nicht mehr
Just kidding. War nur ein Scherz.
talented talentiert

Paul und Robin wechselten einen Blick. Eine Belohnung? Das wurde ja immer besser!
"Paul's favourite team is playing at the **stadium** on Wednesday. How would you like to go? A **colleague** of mine has some **spare** tickets ..."
Pauls Vater konnte den Satz kaum zu Ende sprechen, so laut jubelten Robin und Paul. Seine Mutter hielt sich die Ohren zu, lachte aber auch.

---

stadium Stadion
colleague Kollege, Kollegin
spare kostenlos

"That would be so cool!", rief Robin.

"Du bist der beste Papa der Welt!", schrie Paul dazwischen. Sein Vater war eigentlich kein großer Fußballfan. Normalerweise war seine Mutter für die Fußballbegeisterung in der Familie zuständig. Umso mehr freute sich Paul, dass sein Vater mit ihnen ins Stadion wollte.

"Your dad is really cool", meinte Robin später, als die beiden zusammen in Pauls Zimmer saßen und sich im Internet über das Bundesligaspiel in zwei Tagen informierten.

"Not always", meinte Paul etwas abwesend und studierte genauestens die Aufstellung seiner Mannschaft und die des Gegners.

"Oh no! **Several** of my club's players are injured. And of course the others will have all their players – even their star forward is back again."

"Do you think it'll be a difficult game?", fragte Robin.

"Yes, I think so. Bring your lucky lion **pendant** with you. We'll need all the **luck** we can get", murmelte Paul und vertiefte sich in den Vorbericht zum Spiel.

"Okay. I don't think I could stand you looking **miserable** all weekend if Dortmund loses."

---

several mehrere
pendant Anhänger
luck Glück
miserable elend

Melanie Comes Clean

Als Paul am nächsten Morgen erwachte, fiel ihm sofort ein, dass Melanie nachher vor den Augen der englischen Mannschaft die Trikots waschen musste. Er hüpfte gut gelaunt aus dem Bett und klopfte an Robins Tür.

"Come in!"

"Haha, I **knew** you'd be **dressed** already", lachte Paul.

"Of course. **I can hardly wait** to get to school and see Melanie wash the shirts", antwortete Robin.

"I just **wish** they'd make her do it in the morning. We're going to have to sit through six **endless** lessons first", seufzte Paul.

Die Lehrer hatten beschlossen, dass nur die Mighty Moose bei der Strafaktion zuschauen durften. Und natürlich Paul und Robin, denn die beiden hatten Melanie schließlich gestellt. Noch mehr Kinder sollten aber nicht dabei sein, damit die Sache für die Übeltäterin nicht allzu peinlich wurde.

In der Kabine hatte mittags schon jemand einen

---

comes clean kommt ins Reine
knew wusste
dressed angezogen
I can hardly wait. Ich kann es kaum erwarten.
wish wünsche mir
endless endlos

großen Zuber mit Wasser aufgebaut. Es gab sogar ein Waschbrett aus dem Theaterfundus.

Als Paul und Robin ankamen, waren die meisten Fußballer schon da. Melanie kam in Begleitung von Mr Stanley – und sofort hob ein großes Gejohle an. Der Lehrer versuchte die Kinder zu beschwichtigen, hatte damit aber erst nach einer Weile Erfolg.

Melanie stellte sich an den Waschzuber und wirkte tatsächlich noch einen Tick schlechter gelaunt. Nun reichten die englischen Mannschaftsmitglieder nacheinander Melanie ihre Trikots. Und Melanie wusch, schrubbte, rubbelte und spülte ein Trikot nach dem anderen, um es anschließend auf eine Wäscheleine zu hängen. Immer begleitet von Anfeuerungsrufen und cleveren Kommentaren der anderen, die sie scheinbar ungerührt zur Kenntnis nahm. Nun war Robin an der Reihe. Sie hatte ihr Glückstrikot dabei. Das hatte Pauls Mutter zwar schon gewaschen, aber Robin fand es nur in Ordnung, es Melanie noch einmal zum Waschen zu geben. Schließlich hatte sie es ja auch beschmiert.

"What am I supposed to do with that one?", fuhr Melanie Robin an, als diese ihr das Trikot reichte.

"Wash it, of course. What do you think?"

"Why should I wash it? I didn't make it dirty!"

"Yes, you told me that before", sagte Robin gelangweilt. "The problem is, I don't believe you!"

"**I don't care** whether you believe me or not. I've already told you, I didn't do it!", antwortete Melanie. "Listen, this is my lucky shirt", erwiderte Robin. "You dirtied it with oil and all kinds of horrible stuff, and now you have to wash it. I **wore** it for **practice** yesterday, and it needs washing!"
Die beiden Mädchen standen sich dicht gegenüber. Paul befürchtete schon eine Schlägerei – es fehlte nicht viel, und die beiden hätten sich an den Nasenspitzen berührt. Paul kannte mittlerweile Robins Temperament – und auch Melanie war nicht gerade zimperlich. Deswegen atmete er erleichtert auf, als Mr Stanley dazwischen ging.
"**That's enough**, girls. Robin, please take your shirt home and wash it there. I think Melanie **has been punished** enough." Robin packte ihr Trikot, warf Melanie einen letzten wütenden Blick zu und rauschte aus der Kabine, gefolgt von Paul.
"Pah! Everybody knows she did it! Why are they all being so nice to her suddenly?", schnaubte Robin.
Paul zuckte nur die Achseln.
"I do**n't** understand it **either**", murmelte er, doch

I don't care. Es ist mir egal.
wore habe getragen
practice Training
That's enough. Das reicht.
has been punished wurde bestraft
not either auch nicht

Robin schien ihn gar nicht zu hören. Sie schimpfte weiter vor sich hin. Ungerechtigkeiten konnte sie einfach nicht ertragen. Doch nach einer Weile hatte sie sich wieder beruhigt.
"Well, let's **get ready** for the match", rief sie und ging zurück zum Kabinentrakt.
"I'll come with you for a few minutes", beschloss Paul und folgte ihr. Das anstehende Spiel Eintracht Mittelstufe gegen die Mighty Moose hatte er schon fast vergessen. "I'm so glad it's all **over** now", meinte Paul.
"Oh yes, me too. I'm glad we don't have to be suspicious any more; no more locked doors, no more **funny looks**", sagte Robin. "We can all just play football again."
So sahen das alle – beim Spiel am Nachmittag herrschte eine äußerst ausgelassene Stimmung. Und Mighty Moose, die in ihren Ersatztrikots spielen mussten, da die anderen noch auf der Leine hingen, gewannen das Spiel mit 3:0.

---

get ready uns vorbereiten
over vorbei
funny seltsam
looks Blicke

A Lion Goes Missing

Auch am nächsten Tag noch war die Erleichterung an der ganzen Schule deutlich zu spüren. Die Green Devils bestritten am frühen Mittwochnachmittag zusammen mit dem SV Strafarbeit das letzte Vorrundenspiel, und schon war der größte Teil des Turniers vorbei. Paul betrachtete den kompletten Spielplan, der samt der von ihm eingetragenen Ergebnisse nun so aussah:

Montag	Three Lions – Eintracht Mittelstufe	2:3
Dienstag	FC Rakete – Green Devils	2:2
Mittwoch	Crunchy Cookies – Kickerkönige	0:0
Donnerstag	SV Strafarbeit – Mighty Moose	1:1
Freitag	Three Lions – Kickerkönige	4:0
Montag	FC Rakete – Crunchy Cookies	3:0
Dienstag	Eintracht Mittelstufe – Mighty Moose	0:3
Mittwoch	Green Devils – SV Strafarbeit	1:3

goes missing wird vermisst

Sowohl Pauls als auch Robins Team hatten es also ins Halbfinale geschafft. Die Three Lions hatten sich zwar tatsächlich nur über die Tordifferenz retten können, doch das war ihnen herzlich egal. Außerdem hatten sich der SV Strafarbeit und die Mighty Moose qualifiziert, sodass auch in den Halbfinalspielen jeweils ein deutsches gegen ein englisches Team spielen konnte. Die Auslosung direkt nach dem letzten Vorrundenspiel ergab, dass Robins Mannschaft am Donnerstag gegen den SV Strafarbeit spielen sollte. Pauls Team sollte einen Tag darauf gegen die Mighty Moose antreten.

"So we both have to win, then we can play the **final** against each other", sagte Paul.

"I really hope we both **make it**. It'll be so much fun to beat you", scherzte Robin.

"Why do you think you'll win?", fuhr Paul auf.

"Because we're the better team, that's why", stichelte das Mädchen weiter. Sie hatte sichtlich Spaß daran, Paul herauszufordern.

"I'm so glad we can go on playing. It would have been **terrible** if they**'d cancelled** the tournament", stellte Robin schließlich fest. Paul stimmte ihr zu.

"The final is on Sunday, so Saturday is our only day

---

final Finale
make it es schaffen
terrible schrecklich
had cancelled abgesagt hätten

off. But we can **spend** it watching Bundesliga on TV", schlug Paul vor.
"That's a good idea", sagte Robin, der ein Tag ganz ohne Fußball möglich, aber irgendwie sinnlos vorkam. "And then on Monday I have to go home. It's **amazing** how fast the time'**s gone**, isn't it?"
"Let's not think about it", bat Paul sie.
So wie ihm ging es allen: Niemand wollte an Abschied denken. Die Lehrer waren entspannt, die Schüler froh, dass sie nicht mehr länger mit Argusaugen auf ihre Sachen aufpassen mussten.
Robin fühlte sich gut beim Abschlusstraining am gleichen Nachmittag, und sie freute sich auf das Halbfinale. Unter der Dusche ließ sie sich etwas mehr Zeit als sonst, weil sie mit Paul nach Hause fahren wollte und der noch auf dem Platz unterwegs war. Danach sollte es gleich ins Stadion nach Dortmund gehen. Dank der englischen Wochen der Bundesliga spielte Pauls Lieblingsmannschaft ausnahmsweise an einem Mittwoch.
Schließlich stand nur noch Robin unter der Dusche. Alle anderen Mädchen waren längst fertig. Als Robin zurück in die Umkleidekabine kam, sah sie gerade noch jemanden durch die Tür verschwinden.
"Must have been one of the girls", sagte sie leise zu

---

spend verbringen
amazing unglaublich
has gone vergangen ist

sich. Robin zog sich an, packte ihre Sachen und wollte schon aus der Tür.

"Oh dear, I nearly forgot", murmelte sie, ging zurück und suchte. Auf, unter und neben der Bank.

"Oh no, where is it?", seufzte sie. Dann musste sie ihre Sporttasche wohl wieder auspacken und alles durchsuchen. Als Robin ihre Sachen gerade auf der ganzen Bank verstreut hatte, klopfte es an der Tür.

"Robin? It's me, Paul. Are you in there?"

"Yes, yes, come in … "

"Oh, are**n't** you ready **yet**? We have to **hurry**. My dad will be waiting."

"Well, I *was* ready. But I can't find my lucky pendant. You know, the gold lion I always wear …"

"Oh no! I hope you find it. When was the last time you had it on?" In Paul erwachte gleich wieder der detektivische Spürsinn.

"I wear it all the time", murmelte Robin abwesend und drehte ihre Tasche um. Außer ein bisschen Rasen und ein paar Dreckklumpen fiel aber nichts heraus.

"Well, at least your bag is clean now", grinste Paul, fing aber gleich an, Robin zu helfen.

"Help me **shake out** my clothes", sagte Robin. Die beiden waren eine Weile damit beschäftigt, doch der goldene Anhänger tauchte nicht wieder auf.

---

not yet noch nicht
hurry uns beeilen
shake out ausschütteln

"But I'm sure I was wearing it today during practice", sagte Robin. "Then we **came in** here, and I **took** it **off** before I went to take a shower. And when I came back, it was **gone**. I thought I'd put it in my pocket or in the bag without thinking about it, but …"
Paul sah sie nur an und traute sich kaum auszusprechen, was er dachte. Doch Robin ahnte es auch so.
"You don't think that … somebody **stole** it …?"
Paul nickte.

---

came in sind reingekommen
took off habe abgelegt
gone verschwunden
stole hat gestohlen

Robin war ebenso wütend wie untröstlich über den Verlust des Anhängers. Sie glaubte fest daran, dass er ihr Glück brachte. Wie sollte sie denn morgen spielen, ohne ihn?
Doch für solche Überlegungen war nun keine Zeit mehr, sie mussten zu Paul nach Hause, um pünktlich abfahren zu können. Als die beiden aus der Kabine kamen, rannten sie fast in Jamie hinein, Robins Ersatzmann.
"Oh, hi. Erm ... are you still here?", fragte er.
"Yes, obviously", sagte Robin kurz angebunden. Sie hatte jetzt keine Lust, mit Jamie zu reden. Sie mochte ihn ehrlich gesagt nicht besonders und ihr Verhältnis hatte sich nicht verbessert, seit Robin ihn als Nummer Eins im Tor abgelöst hatte.

Paul nutzte die Gelegenheit, um Jamie zu fragen, ob ihm irgendetwas Seltsames aufgefallen war.
"Erm ... me? Yes, I mean ... erm ... no. I **haven't seen anyone**. Why?"
"Well, Robin's lost something, and I thought you might have seen something that could help us find it", sagte Paul leichthin.
"No, sorry", sagte Jamie, machte aber eigentlich nicht den Eindruck, als täte es ihm leid.
"What are you doing here, anyway? I thought I saw

---

have seen habe gesehen
not anyone niemand

Christoph leave a few minutes ago." – "Christoph?"
"Yes, your exchange partner Christoph", erklärte Paul, etwas irritiert. Was war denn mit Jamie los? War der immer so schwer von Begriff?
"Oh, erm … *that* Christoph. Well, then I'd better hurry. Maybe I can **catch up with** him."
"Yes, you'd better hurry", antwortete Paul und ging langsam in Richtung Fahrradständer. Als er sich noch einmal umdrehte, sah er, wie Jamie in Richtung Umkleidekabine der Three Lions ging. Seltsam.
"Maybe he just wanted to wash his hands or something", murmelte Paul vor sich hin.
"What?", fragte Robin, die nichts verstanden hatte.
"Mm? Oh, nothing. I was just thinking **aloud**. Nothing important."
"Okay", sagte Robin und versuchte, nicht mehr an den verlorenen Anhänger zu denken und sich stattdessen auf das Spiel von Borussia Dortmund zu freuen.

Die Fahrt ins Stadion dauerte von Pauls Zuhause aus etwa eine Stunde. Paul war in voller Fanmontur und hatte auch Robin dazu gebracht, einen schwarzgelben Schal zu tragen. Je näher sie dem Stadion kamen, desto hibbeliger wurden die beiden Kinder.

---

catch up with einholen
aloud laut

Pauls Vater warf immer wieder amüsierte Blicke in den Rückspiegel.

Eine Weile machten die beiden sich einen Spaß daraus, die Namen ihrer Lieblingsspieler aus den Buchstaben der Autokennzeichen zu bilden.

„Well, there's an L. **Over there** I can see an E, and an H ... That red car there has an M and an A ... I just need a **double** N ... There! There's one N, and that green bus over there**'s got** another one! I've got it! I spelled 'Lehmann'!", rief Robin.

Paul kam kaum dazwischen. "But Lehmann left Arsenal **a while ago**", wandte er schließlich ein.

"He left Dortmund even longer ago", trumpfte Robin auf. Da musste Paul allerdings zustimmen.

"Now **it's my turn**. I'll spell another ex-Dortmund player. Let's see ...", Paul tat, als grübele er angestrengt. "I need a P, an E, a T, an R, an I and a C."

Robin stutzte, dann verfinsterte sich ihre Miene.

"I don't like Petric. He plays for **Croatia**, doesn't he? When they played us, he scored the goal that **kicked** us **out** of the **European Championship**."

---

over there da drüben
double doppelt
has got hat
a while ago vor einiger Zeit
It's my turn. Ich bin dran.
Croatia Kroatien
kicked out hat rausgeschmissen
European Championship Europameisterschaft

"I know", grinste Paul. Doch er entschuldigte sich sofort bei Robin, als er den strengen Blick seines Vaters im Rückspiegel sah. Eigentlich hatte er auch noch mal auf die Schwäche der Engländer beim Elfmeterschießen zurückkommen wollen, doch das verkniff er sich wohl besser.

Nach einer Weile bemerkte Robin, dass der Verkehr immer dichter wurde.

"Are we nearly there?", fragte sie, und Pauls Vater nickte. Es dauerte aber noch ein bisschen, bis sie schließlich auf einen Parkplatz einbogen.

"There! There! Can you see the yellow **bars**? That's it! That's our stadium!", rief Paul aufgeregt und hüpfte wie angestochen auf seinem Sitz herum.

"Now you know why the **child safety lock** is **on in the back**", sagte Pauls Vater mit einem Augenzwinkern zu Robin. Schließlich hatten sie einen Parkplatz gefunden, und sie gingen in Richtung der Osttribüne, wo ihre Plätze waren.

"Before we go in, you have to **try** some **traditional** German food", sagte Pauls Vater zu Robin. "It's not

---

bars Balken
child safety lock Kindersicherung
on an
in the back hinten
try probieren
traditional traditionell

very **healthy**, **though**. Can you play well tomorrow if you eat a bratwurst tonight?"

"I think I can *only* play well if I eat a bratwurst right now", antwortete Robin mit gespieltem Ernst. Paul hatte ihr natürlich in aller Ausführlichkeit von den Bratwürsten erzählt. Angeblich konnte die Borussia nicht gewinnen, wenn Paul vor dem Spiel nicht eine Bratwurst von einem ganz bestimmten Stand aß. Wie hätte Robin da nein sagen können zu einer Wurst?

Dann aber war es endlich Zeit, ins Stadion zu gehen.

---

healthy gesund
though jedoch

"Wow, this is **huge**!", rief Robin aus, als sie die Stufen zu ihren Plätzen hinaufstiegen. Paul nickte stolz und tat so, als habe er das Stadion eigenhändig gebaut.
"And listen to the **noise** – even though it's not completely **sold out** ..."
Die Zuschauer machten wirklich einen Höllenlärm, und auch Paul war bald voll in Fahrt. Immer wieder sprang er von seinem Sitz auf und brüllte Kommandos aufs Spielfeld.
"They can't hear you, you know. Anyway, I don't think they're going to listen to you." Robin grinste.
Doch Paul hörte sie gar nicht. Und als kurz vor Schluss tatsächlich noch der Siegtreffer für seine Mannschaft fiel, hüpfte er wie ein Derwisch herum und umarmte nicht nur seinen Vater und Robin, sondern auch alle anderen Leute, die sich nicht schnell genug in Sicherheit bringen konnten.
"I hope you'll **cheer** like that tomorrow when I'm playing", meinte Robin, als sie hundemüde wieder im Auto saßen und nach Hause fuhren.
"Only if you score a goal." Paul lachte heiser.
"Hahaha", machte Robin nur.

---

huge riesig
noise Lärm
sold out ausverkauft
cheer jubeln

The Case Is Not Solved Yet

Vor dem ersten Halbfinale am folgenden Tag war Paul fast genauso aufgeregt wie Robin. Da es abends stattfand, konnten endlich auch mal seine Eltern mitkommen, die sonst während der Spiele immer hatten arbeiten müssen.

"I'm so nervous. I wish I had my little lion back again", sagte Robin, als sie am Sportplatz angekommen waren, und seufzte.

"You'll play **just as well** without it", versuchte Paul sie zu trösten.

Doch Robin schüttelte nur den Kopf. Den Rest des Weges zur Kabine legten sie schweigend zurück. An der Tür blieb Robin wie angewurzelt stehen.

"What is it? Why don't you go in? Are there **naked** people in there?", flachste Paul. Robin antwortete nicht.

"What is it?", fragte Paul und versuchte, über Robins Schulter etwas zu sehen.

"Oh my **God**, I completely forgot about them", flüsterte Robin.

"About what?"

---

case Fall
solved gelöst
just as well genauso gut
naked nackt
God Gott

"The shin pads", sagte Robin, ging in die Umkleide und hielt Paul die roten Schienbeinschoner entgegen.
"Oh no", stöhnte er. An allen waren die Haltebänder zerschnitten.
"How could she do that?", fragte Robin fassungslos.
"Who?"
"Melanie, of course!"
"You think she did this?"
"Who else? And I'm sure she stole my lion, too!"
"But Melanie can't have done this. When we caught her with the shin pads that afternoon she had to come with us to see the teachers. After that Mr Ziegler **drove** her home. I'm sure her parents wouldn't have let her come here again that evening. The next day she had to wash your shirts, and then she was sent home again. And I heard from a friend of hers that her parents **have grounded her**. She's **not even allowed to** watch the game today", sagte Paul.
"But she**'s found** a **way** to do it anyway", sagte Robin.
"No, it can't have been her", antwortete Paul bestimmt. "Anyway, this is different, don't you see?"

---

drove hat gefahren
have grounded her haben ihr Hausarrest gegeben
not even nicht mal
is allowed to darf
has found hat gefunden
way Weg

"Well … no …"
"Some things were done to hurt the **whole** English team, and some things were done to hurt you", erklärte Paul.
Robin grübelte eine Weile.
"So you think Melanie was telling the **truth after all**? Do you think there are two people **involved**?"
"There's no other **explanation**."
"But then – who did this?"
"I've no idea. But we mustn't tell anyone **except** the team. If the teachers hear about it, they might cancel the tournament."
"What should we do?"

"I'll try to find as many people from my team as I can and **ask** them to **lend** you their shin pads so you can play. We'll talk about it again after the match, okay?"
Robin nickte. Paul hatte sicher recht. Schließlich hatten die Lehrer schon nach den ersten Vorfällen angedroht, das Turnier abzublasen. Das konnten sie auf keinen Fall riskieren.

---

whole ganz
truth Wahrheit
after all am Ende doch
involved beteiligt
explanation Erklärung
except außer
ask bitte
lend leihen

Paul machte sich gleich auf die Suche nach seinen Mitspielern und Robin blieb in der Kabine, um den anderen Lions zu berichten, was passiert war.
Alle waren schockiert, als sie hörten, dass es außer Melanie offenbar noch einen zweiten Täter gab.
"This is a **nightmare**. It's all starting again!", meinte ein Junge, und die anderen nickten. Und alle waren sich einig, dass die Lehrer diesmal nichts erfahren sollten.
Nach einer Weile kam Paul mit einigen anderen aus seiner Mannschaft und sämtlichen Schienbeinschützern seines Teams zurück.
"Oh, you're real friends!"
"Thank you so much!"
Die Lions waren begeistert und gerührt von so viel Gastfreundschaft.
"No problem. You would have done the **same** for us", wehrte Paul ab. "Now **get out there** and win – erm … play!"
Die Spieler grinsten ihn an, während sie im Gänsemarsch die Kabine verließen. Nur Jamie, der zweite Torhüter, verzog keine Miene. Wirklich ein komischer Typ, dachte Paul.

nightmare Albtraum
the same das Gleiche
get out there geht da raus

Robin Solves the Mystery

Draußen auf dem Feld wurden die Mannschaften bereits mit großem Jubel empfangen. Paul sputete sich, erreichte gerade noch rechtzeitig den Platz und setzte sich zwischen seine Eltern. Eigentlich hatte er ihnen noch kurz erklären wollen, was losgewesen war, doch das würde er besser zu Hause und in Ruhe machen. Hier hörten zu viele fremde Ohren mit.

Unten auf dem Feld hatten die Mannschaften jetzt die Begrüßungszeremonie beendet, und die Spieler liefen auf ihre Positionen. Die Three Lions hatten Anstoß, sodass Robin als Torhüterin noch Zeit hatte, sich ein bisschen umzusehen. Ihr Blick schweifte über die Tribüne – ah, da waren Paul und seine Eltern und winkten ihr zu. Etwas entfernt saßen ein paar ihrer Klassenkameraden, daneben die Sportlehrer. Auf der Mannschaftsbank nahmen gerade die letzten Ersatzspieler Platz. Robins Blick blieb an Jamie hängen, der auf seinem Platz hockte und aussah, als wäre er lieber ganz woanders. Daneben saß Matthew, einer der Stürmer, daneben Rick, ein Mittelfeldspieler …

“**Something's wrong** here, but **I can't put my finger on it** …”, murmelte Robin und hätte dabei

---

solves löst
mystery Rätsel
Something's wrong. Etwas stimmt nicht.
I can't put my finger on it. Ich kann nicht genau sagen, was.

fast einen Angriff der deutschen Mannschaft auf ihr Tor verpasst. Zum Glück war dem Angreifer der Ball über den Spann gerutscht, sodass er nicht mit allzu großer Wucht aufs Tor geflogen war.
“What's wrong with you? That was **close**!”, raunzte Nick aus der Innenverteidigung sie an.
“Sorry”, sagte Robin und riss sich zusammen. Nicht, dass hier wegen ihrer Unachtsamkeit noch ein Tor fiel und sie in der Halbzeit womöglich wieder Jamie Platz machen musste.
“That's it!”, entfuhr es Robin. “Something's wrong with Jamie!” Sie vergewisserte sich, dass der Ball gerade weit von ihrem Tor entfernt war, und sah rasch hinüber zur Ersatzbank.

Yes! That must be it - that's the answer!, dachte sie. Am liebsten hätte Robin sofort alles stehen und liegen lassen und wäre zu Paul gestürzt, um ihm von der Entdeckung zu berichten. Aber es waren noch mehr als 20 Minuten bis zur Halbzeit.
Als endlich der erlösende Pfiff ertönte, rannte Robin zu ihrem Trainer und fragte:
“Can I stay on the field during the break?”
“Erm ... yes, sure. But I want you to **pay** a bit more **attention** during the second half. If you **promise**

---

close knapp
pay attention aufpassen
promise versprichst

to keep your eyes on the ball for the rest of the match, you can **keep playing**."

"Yes, I will", versprach Robin und machte Paul ein Zeichen, dass er zu ihr herunterkommen sollte. Er guckte verwundert, kam aber sofort.

"What is it?", fragte er.

"I know who the second saboteur is!" Robin versuchte zu flüstern, war aber viel zu aufgeregt.

"What? How? Why? Who?" Paul wollte alles auf einmal wissen. Robin zog ihn zur leeren Trainerbank. Hier waren sie halbwegs ungestört.

"It has to be Jamie!", verkündete Robin.

"Jamie? Your team's second goalkeeper? But why?"

"He **was hanging around** the changing rooms when I lost my little lion, wasn't he? And he had the opportunity to cut the shin pads. You saw him **near** the room where we left them, didn't you?"

"Yes, but that doesn't prove anything."

"I know, but I know how we can prove it", sagte Robin. "We have to find his gloves."

Pauls Gesicht war ein einziges Fragezeichen.

"Jamie always wears his gloves, even when he's just sitting on the **bench**. But when I saw him on the

---

keep playing weiterspielen
was hanging around lungerte herum bei
near in der Nähe von
bench Bank

bench **just now**, he wasn't wearing them! I'm sure there must be red paint on them! That's why he had to hide them and couldn't wear them today!"

"Mm", machte Paul nur. Er war noch nicht so ganz überzeugt.

"Believe me, Jamie is the second saboteur!"

"But where do you **expect** to find his gloves? He **might have thrown** them **away**", wandte Paul ein.

"Then we'll have to think of something else. But first we have to try and find them. He **might have hidden** them. Maybe he wants to **clean** them when he **gets back to** England."

"So what do we do?", fragte Paul. Er wollte ihr nicht länger widersprechen, denn sie schien wirklich hundertprozentig sicher zu sein.

"Well, I have to go out and play the second half. But during the game you could go and look in the **lockers**. We'll probably never get a better chance."

"Oh, I don't think I want to do that", meinte Paul

---

just now gerade eben
expect erwartest
might have thrown away hat vielleicht weggeworfen
might have hidden hat vielleicht versteckt
clean sauber machen
gets back to zurückkommt nach
lockers Schließfächer

nicht eben mutig. Doch Robin wischte seine Bedenken mit einer Handbewegung fort.
"Everybody's out on the pitch, either playing or watching. You'll be absolutely **safe**."
Paul seufzte und fügte sich in sein Schicksal. Wahrscheinlich hatte Robin recht. Fast die ganze Schule war auf dem Sportplatz. Niemand würde jetzt in den Kabinen sein. Und auch wenn es Paul unangenehm war, in den Sachen anderer herumzuschnüffeln, war doch sein detektivischer Spürsinn wieder geweckt.
"All right, I'll do it. If somebody sees me I'll tell them I have to get you something from your bag, okay?"
"Good idea. Let's say … I need my **sweatband**. But I really don't think you'll need an **excuse**. Nobody will be there. Okay, I have to get back on the pitch. See you after the match!" Robin lief zum Spielfeld zurück.
Paul sah ihr kopfschüttelnd nach, dann lief er in Richtung Kabinen.
Auf dem Weg sah er sich immer wieder nervös um, doch es war wirklich niemand in der Nähe. Paul huschte in die Kabine des englischen Teams, zog die Tür hinter sich zu und sah sich nach der Tasche mit Jamies Namensschild um. Ah, dort in der Ecke. Paul

---

safe sicher
sweatband Schweißband
excuse Ausrede

nahm sich die Tasche vor - keine Spur von den Handschuhen. Eigentlich kein Wunder. Wenn Jamie die Schienbeinschützer kaputt gemacht hatte, war das schon wohl schon am Montag passiert. Sicher war er nicht so dumm, die mit Farbe beschmierten Handschuhe noch tagelang mit sich herumzutragen. Die hatte er sicher in einem Schließfach in der Schule oder schon zu Hause. Wenn er sie nicht doch weggeworfen hatte …

Paul stellte die Tasche wieder an ihren Platz. Noch ein prüfender Blick – alles wie vorher. Paul wollte gerade gehen, da entdeckte er in einem Seitenfach etwas Glänzendes. Fast hätte er einen lauten Schrei ausgestoßen. Robins Anhänger! Im Seitenfach von Jamies Tasche! Wenn das kein Beweis war! Hochzufrieden steckte Paul den kleinen Anhänger ein und machte, dass er wieder auf die Tribüne kam. Seine Eltern fragten sich sicher schon, wo er sich so lange herumtrieb.

Die ganze zweite Halbzeit hindurch konnte er es kaum abwarten, dass das Spiel endlich abgepfiffen wurde. Seine Gedanken kreisten die ganze Zeit so sehr um den gefundenen Anhänger, dass er kaum mitbekam, dass die Three Lions den SV Strafarbeit mit 2:1 besiegten und Robins Mannschaft somit als erster Finalteilnehmer feststand.

Paul in the Wardrobe

Wenn Paul sich gedacht hatte, dass Robin vor Freude ausflippen würde, wenn er ihr den Anhänger und damit den Beweis für Jamies Schuld zeigte, so hatte er nur halb richtig gelegen.

"That doesn't prove anything, I'm afraid", sagte sie.

"Why not? I thought you'd be a bit more **grateful**, actually ..."

"Oh, sorry! **Don't get me wrong.** I'm really happy I've got the lion back. But it doesn't prove anything."

"Why not? It was stolen, it was in Jamie's bag – **case closed!**" Paul verstand nicht, warum Robin den Anhänger nicht als Beweis für Jamies Schuld akzeptieren wollte.

"If you go to the teachers and tell them your story, what do you think they'll say?"

Paul zuckte die Achseln.

"They'll just say I lost the lion, Jamie found it, and he hadn't had a chance to give it back to me yet. And I'm sure that's **exactly** what Jamie will say, too."

"Oh", machte Paul enttäuscht. Da hatte Robin mal wieder recht.

---

grateful dankbar
Don't get me wrong. Versteh mich nicht falsch.
Case closed! Fall gelöst!
exactly genau

"So we still need his gloves", sagte er, und Robin nickte.
"Okay, listen. I've got another plan", sagte Paul.
Am Abend machten sich die beiden auf den Weg zu Christoph Lenz, Jamies Austauschpartner. Frau Lenz machte ihnen die Tür auf und Paul fragte, ob Christoph da sei. In Wahrheit wusste Paul natürlich, dass Christoph donnerstags immer Mathe-Nachhilfe hatte. Er selbst hatte ihm den Nachhilfelehrer vermittelt – einen älteren Spieler aus seinem Sportverein.
"Christoph müsste in einer halben Stunde wieder hier sein. Aber ihr könnt ja auf ihn warten, dann seid ihr nicht umsonst gekommen. Unterhaltet euch doch solange mit Jamie, er sitzt oben am Computer. Ihr kennt euch ja sicher", sagte Frau Lenz. Paul bedankte sich artig, Robin grinste.
"You can be so **polite** when you try", sagte sie.
Paul murmelte irgendwas von "Der Zweck heiligt die Mittel", weil er nicht wusste, was das genau auf Englisch hieß. Er öffnete die Tür zu Christophs Zimmer. Jamie saß dort am Computer. Er blickte auf und war sichtlich erstaunt, als er Paul sah. Noch verblüffter guckte er, als nach Paul auch Robin ins Zimmer kam.
"Pfffft", machte er abfällig. "What do *you* want?"
Robin war sofort genervt, vergaß fast ihren Plan und

---

polite höflich

ließ sich nur wegen Pauls warnendem Gesichtsausdruck davon abhalten, etwas Pampiges zu antworten.
"I … I want to talk to you. About … well, you know. About us … and the match and things", stammelte Robin, und Paul war sich nicht sicher, ob diese Verlegenheit gespielt oder echt war. Eigentlich egal, Hauptsache, Jamie glaubte ihr.
Und das schien er tatsächlich zu tun.
"You want to talk about … us?", fragte er, noch leicht misstrauisch.
"Yes. You know, I feel really bad about you sitting on the bench, being a **substitute** and all that", sagte Robin. Jamie zog die Augenbrauen hoch.

"Well, I'll **leave** you **alone** for a while, then", meinte Paul und stahl sich aus dem Zimmer. Im Weggehen hörte er noch, wie Robin Jamie irgendwas von "You're such a **brilliant** goalkeeper, and I really **admire** you …" vorschwärmte. Fast hätte er laut losgelacht. Er würde Robin nachher empfehlen, sich mal bei einer Theatergruppe vorzustellen.
Aber vorher musste er Jamies Zimmer durchsuchen. Schräg gegenüber stand "Gästezimmer" an einer Tür, das musste es wohl sein.
Paul vergewisserte sich rasch, dass niemand ihn sah

---

substitute Ersatzspieler(in)
leave alone in Ruhe lassen
brilliant toll
admire bewundere

und schlich sich ins Zimmer. Nun, im Bücherregal würde Jamie die Handschuhe ja wohl nicht versteckt haben. Aber im Schrank vielleicht! In sämtlichen Fächern hatte Jamie irgendwelche Sachen. Paul seufzte. Gerade als er das obere Fach mit den Sportklamotten durchwühlte, hörte er jemanden auf dem Flur!

Paul schlüpfte in Windeseile in den Schrank unter die Kleiderstange und zog die Tür von innen zu. Das Herz klopfte ihm bis zum Hals, als er hörte, wie die Zimmertür geöffnet wurde.
Durch einen kleinen Spalt sah Paul, wie Frau Lenz mit einem Stapel Wäsche auf den Schrank zuging. Jetzt bin ich geliefert, schoss es Paul durch den Kopf. Auch das noch! Musste sie denn die Wäsche ausgerechnet jetzt bringen? Immer näher kam Christophs Mutter, gleich würde sie Paul entdecken … Doch:

Christophs Mutter zog an der Tür – und bekam sie nicht auf! Paul spürte, dass er mit seinem Ärmel an einem Türhaken hängen geblieben war, sodass die Tür klemmte. Frau Lenz zog, doch Paul hielt geistesgegenwärtig mit aller Kraft dagegen.

"Hm. Da hat sich wohl was verklemmt. Das muss ich mir mal genauer ...", sagte sie, brachte aber den Satz nicht zu Ende, weil es in Christophs Zimmer plötzlich laut wurde.

"Do you really believe that?", rief Jamie. "Come on, **stop bullshitting me!**" Was Robin antwortete, konnte Paul nicht verstehen, doch zum Glück war Christophs Mutter jetzt abgelenkt und ging hinüber, um nach dem Rechten zu sehen.

Paul atmete auf, befreite seinen Ärmel vom Haken und kam aus dem Schrank. Er hörte, wie Robin eine wortreiche Erklärung lieferte, um Frau Lenz möglichst lange festzuhalten. Das sollte ihm Zeit geben, sich weiter umzusehen. Paul durchwühlte den Schrank. Jetzt war es ihm egal, wie es hinterher aussah. Ratlos sah er sich im Zimmer um.

Ohne große Hoffnung warf er noch einen Blick unters Bett – tatsächlich, da lagen die Handschuhe! Paul hatte die Beweisstücke gefunden!

Stop bullshitting me! Hör auf, mir so einen Schwachsinn zu erzählen!

An Exciting Chase

Jetzt mussten sie nur noch schnell weg hier. Paul schob sich seine Beute unter die Jacke und hoffte, dass das niemandem auffiel. Er guckte kurz in den Flurspiegel – wenn er die Hände vorn in die Jackentaschen schob, müsste es gehen.

So ging Paul zurück in Christophs Zimmer und erlöste Robin, die darüber mehr als froh zu sein schien.

“Hi, everything sorted out?”, fragte Paul betont fröhlich.

“Yes”, sagte Robin.

“No”, sagte Jamie.

Paul verkniff sich ein Grinsen, während Christophs Mutter etwas ratlos von einem zum anderen sah.

“Fine, then we can go home, can we?”

“Oh yes”, sagte Robin etwas eilig und lief zur Tür. Paul und sie waren mit einem knappen “See you” schneller aus der Wohnung, als Jamie und Frau Lenz gucken konnten.

Draußen schlossen sie schnell ihre Räder auf und fuhren davon. Erst nach ein paar hundert Metern hielten sie an, und Robin stellte endlich die Frage, die ihr schon die ganze Zeit auf den Nägeln brannte:

“Did you find them?”

---

exciting aufregend

Paul holte mit einem triumphierenden Lachen die rot beschmierten Torwarthandschuhe hervor und hielt sie Robin hin. Begeistert besah sie sich die Beweisstücke von allen Seiten.

"Wow, well done!", sagte sie anerkennend, und Paul wurde gleich noch ein paar Zentimeter größer.

"What are we going to do now?", fragte Paul schließlich, nachdem sie ihren Triumph gebührend ausgekostet hatten.

Robin gab ihm die Handschuhe zurück, öffnete den Mund – und erstarrte.

"Go!", rief sie.

"What?"

"**Let's get out of here!** Jamie's coming after us!"

"What?", fragte Paul wieder und drehte sich in die Richtung um, in die Robin zeigte. Ach du je, da kam tatsächlich Jamie auf einem Fahrrad rangerauscht.

"Oh no! He**'s found out** that we stole his gloves!", rief Paul.

"Okay, listen. You take one glove, I'll take the other. I'll **cycle straight** back to your house; you go a different way and try to make it to the school. Find a

---

Let's get out of here! Bloß weg hier!
has found out hat herausgefunden
cycle Rad fahren
straight direkt

teacher and tell them everything before Jamie finds you. **That way** at least one of us gets to keep the **evidence**!"

Paul schüttelte verwirrt den Kopf, schnappte sich aber einen Handschuh und raste wie der Wind davon. Irgendwie hatte Robin immer besonders gute Ideen, wenn's brenzlig wurde.

Robin schwang sich ebenfalls auf ihr Rad – gerade noch rechtzeitig, denn Jamie hatte sie schon fast erreicht.

"Hey! Stop! I know you stole my gloves!", hörte Robin Jamies Stimme hinter sich. Er klang total sauer. Robin trat noch kräftiger in die Pedale und hoffte, dass Jamie *ihr* hinterher fahren würde und nicht Paul. Mit einem Seitenblick vergewisserte sie sich, dass Paul schon weit gekommen war. "I hope you make it", dachte sie.

Sie war ganz außer Atem, traute sich aber nicht anzuhalten. Wenn Jamie sie jetzt mit nur einem Handschuh erwischte, würde er sicher versuchen aus ihr herauszubekommen, wohin Paul gefahren war. Das wollte sie auf keinen Fall riskieren. Also gab sie noch mehr Gas und hoffte, dass sie sich nicht verfuhr. Doch nach etwa fünf Minuten tauchte Pauls Haus vor ihr

---

that way so
evidence Beweismaterial

auf. Robin warf das Rad auf den Gehweg und sprintete an die Haustür. Sie klingelte wild, denn den Schlüssel hatte Paul.
Zum Glück machte Herr Reuter gleich auf – auch wenn Robin die paar Sekunden vorkamen wie Stunden. Sie schlüpfte hinein und schlug die Tür schnell hinter sich zu.
"**What's going on?** Where's Paul?", fragte Herr Reuter erstaunt, während Robin sich heftig atmend an die Tür lehnte, gegen die Jamie nun von draußen trommelte.
"**Open up!** You're a **thief**! Open the door and give me back my gloves!", rief er, und Herr Reuter zog die Augenbrauen hoch.

"Thief? Who's a thief? Who**'s hammering** on the door, and what's he talking about?", fragte er streng.
"That's Jamie, our substitute goalkeeper. He's the one who ruined my shirt and stole my little gold lion and cut the **straps** on our shin pads. Paul and I stole … I mean, we **managed** to get his gloves, which are our only **proof**. I've got one of them and Paul's got the

---

What's going on? Was geht hier vor?
Open up! Aufmachen!
thief Dieb(in)
is hammering hämmert
straps Haltebänder
managed haben es geschafft
proof Beweis

other. And Paul is on his way to the school to find a teacher and tell them everything. Just – please don't open the door!", stieß Robin hervor. Herr Reuter sah nicht so aus, als hätte er alles verstanden.
Dafür hatte Jamie sie sehr gut verstanden, nachdem er aufgehört hatte, gegen die Tür zu wummern. Als Robin vorsichtig die Tür öffnete, sah sie nur noch, wie Jamie auf seinem Rad hinter der nächsten Ecke verschwand. Doch Paul hatte sicher bereits einen großen Vorsprung und würde wahrscheinlich schon an der Schule sein.
"Okay ... could you explain all that again, please?", fragte Herr Reuter seine Gasttochter.
Robin nickte. "**Hang on**, just let me **catch my breath**", sagte sie und holte tief Luft.
Paul war unterdessen wie ein Rennfahrer in Richtung Schule gerast. Hoffentlich war dort wirklich noch irgendwo ein Lehrer, dem er alles erzählen konnte. Robins Idee, sich zu trennen, war schlau gewesen. Denn so würde wenigstens einer von ihnen ein Beweisstück in Sicherheit bringen.

Paul wollte es zuerst im Lehrerzimmer versuchen. Mist, die Tür zum Hauptgebäude war abgeschlossen. Da kam Mrs Berry um die Ecke.

Hang on. Warte mal kurz.
catch my breath verschnaufen

"Is anybody still on the pitch?", fragte Paul sie atemlos.
"Yes, one class is still training", antwortete die Lehrerin.
"Is there a teacher with them?"
"**I suppose so.** But I don't know who. May I ask …"
Aber Paul war schon in Richtung Sportplatz verschwunden. Als er um die Ecke bog, hörte er hinter sich Schritte und ein lautes Keuchen.
"Oh no … " Paul sah, dass Jamie nur wenige Meter von ihm entfernt war. Offenbar hatte er das Fahrrad irgendwo liegen lassen.

"Give me my glove back!", brüllte Jamie wutentbrannt.
"**No way!**", rief Paul zurück. "Come and **get it**!"
Dummerweise trainierte die Gruppe, die auf dem Sportplatz war, in der entferntesten Ecke der Anlage, sodass Paul noch zweihundert Meter laufen musste, um den Handschuh in Sicherheit zu bringen.
Jamie war ihm wirklich dicht auf den Fersen und Paul merkte, wie seine eigenen Kräfte schwanden. Es waren immer noch hundert Meter, und Jamie war schon bedrohlich nah.

I suppose so. Das nehme ich an.
No way! Auf keinen Fall!
get it hol's dir

"Just give up! We can make a deal, okay?", rief Jamie direkt hinter ihm.
"**What kind of** deal?" Paul wurde langsamer. Weniger wegen des Deals als aus Atemnot.
"I don't know – let's talk about it!"
"I'm not interested in any deals!"
Paul musste jetzt einen Zwischenspurt einlegen, denn Jamie hatte ihn fast erreicht. Und es waren immer noch fünfzig Meter bis zur Rettung, sprich Mr Stanley, der den Wettlauf der beiden Jungs inzwischen bemerkt hatte.
"What's going on over there?", rief er ihnen entgegen, doch Paul konnte nicht mehr antworten und Jamie wollte nicht.
Noch fünfundzwanzig Meter – Jamie hatte Paul fast eingeholt. Noch fünfzehn Meter, noch zehn – Jamie bekam Pauls Jacke zu fassen und hielt ihn fest. Mit letzter Kraft holte Paul den Handschuh raus. Noch fünf Meter – jetzt hatte Jamie ihn erwischt und auf den Rasen gezogen. Das Duell schien verloren, doch irgendwie schaffte es Paul noch, Mr Stanley den Handschuh zuzuwerfen, der ihn geistesgegenwärtig auffing.
"Ha!", machte Paul triumphierend. Dann drehte er sich auf den Rücken und versuchte nur noch, wieder zu Atem zu kommen.

---

what kind of was für ein

Another Confession

"Now, which of you two clowns is going to tell me what's going on here?", fragte Mr Stanley, als die beiden Jungs wieder halbwegs Luft bekamen. Die Schüler, mit denen er trainiert hatte, waren schon in der Umkleide. "What am I supposed to do with this glove?"

"The glove proves that Jamie was the one who sabotaged the shin pads! It's covered in red paint!", rief Paul.

"This idiot stole my gloves from me! He and Robin **broke into** my room and just **took** them! They're thieves! I want them to be punished!", rief Jamie gleichzeitig.

"Quiet, boys. Tell me the story **one at a time**. Jamie, you start", sagte Mr Stanley.

"But –", wollte Paul protestieren, doch der Sportlehrer brachte ihn mit einer Handbewegung zum Schweigen.

"It'll be your turn **afterwards**", sagte er knapp. Paul verzog das Gesicht. Na toll. Jamie durfte hier sein

---

confession Beichte
broke into ... sind in ... eingebrochen
took haben genommen
one at a time einer nach dem anderen
afterwards danach

Lügenmärchen auftischen und er selbst hatte das Nachsehen.
Tatsächlich erzählte Jamie eine regelrechte Räuberpistole. Danach waren Paul und Robin gewaltsam in sein Zimmer eingedrungen, hatten ihm die Handschuhe unter Androhung von schlimmsten Strafen aus der Hand gerissen und waren abgehauen. Paul verdrehte die Augen und konnte nur schwer an sich halten. Endlich durfte er die Geschichte aus seiner Sicht erzählen.
"So it's true that you stole the gloves?", meinte Mr Stanley.
"Well, yes ... no! We weren't going to keep them. We just wanted to prove that Jamie did the things that Melanie didn't do. He can have his stupid gloves back now", sagte Paul. Mit einem leichten Schmunzeln untersuchte der Sportlehrer den Handschuh, der wirklich vollgeschmiert war mit rotem Lack.
"How do you explain the paint on your glove?", fragte er Jamie.
Der erkannte endlich, dass es keinen Zweck mehr hatte, zu leugnen.
"Because I cut the shin pads", murmelte er leise.
"Excuse me? I can't hear you properly", sagte Mr Stanley und hielt sich eine Hand hinters Ohr. Jamie holte tief Luft und sagte etwas lauter:
"I cut the shin pads. That's how I got red paint on my gloves."

"What about the other things? Robin's shirt, and her little gold lion?", hakte Paul nach.
Jamie überlegte einen Moment und entschied sich dann für die Wahrheit.
"Yes, that was me too. I was just so angry that Robin **had replaced** me on the team! So I tried to make sure she wouldn't play well. Actually, I wasn't planning to do anything to the shin pads. But you seemed to have forgotten all about them, and I **sort of** couldn't resist. **As soon as** you left with Melanie I went to the changing room and cut some of the straps. I **realized** it was a **trap** when I saw the paint on my fingers. But I'd already started, so I thought I **might as well** finish, and I cut all the other straps, too. I **put on** my gloves because I didn't want to get any more paint on my fingers. Of course nobody paid any attention to me; they were all so excited about catching Melanie. I wanted to clean the gloves, but **I ran out of turpentine** after I'd got the paint off my

---

had replaced hatte ersetzt
sort of irgendwie
as soon as sobald
realized habe begriffen
trap Falle
might as well könnte genauso gut
put on habe angezogen
I ran out of mir ist ... ausgegangen
turpentine Terpentin

hands. So I **hid** the gloves. I was going to clean them when I got back to England."

Paul war mehr als zufrieden mit diesem Geständnis.

"I wish Robin were here to hear this", sagte Paul.

Aber da hörte er schon von hinten: "Don't worry, I heard every word of it."

Paul drehte sich um und sah in Robins lachendes Gesicht.

"How did you get here so quickly?"

"Well, after I **made it** to your house and told your father every little detail of the story, I wanted to find out if you had managed to tell one of the teachers. As I can see, you have."

Paul hätte ihr am liebsten gleich die ganze Geschichte über die Verfolgungsjagd samt dem für ihn so heldenhaften Ende erzählt, doch das musste noch warten.

"What will happen now?", wandte sich Robin an Mr Stanley.

"What do you **suggest**?", fragte dieser zurück. Er schien ein wenig überfordert von dem Tempo der Kinder.

"Jamie has to be punished", sagte Paul prompt.

Jamie starrte ihn finster an.

"Okay. I have an idea", sagte Paul.

"Let's hear it", meinte Robin gespannt.

---

hid habe versteckt
made it es geschafft habe
suggest schlägst vor

"Jamie was trying to make Robin play badly by sabotaging her stuff. So I think he should have to do everything he can to make her play well before and during the final", erklärte Paul.
"Huh?", machten Jamie und Robin gleichzeitig.
"I think you need a **personal assistant**", sagte Paul. "Somebody to look after your things, carry your bag, get your drinks during the break, **and so on**. I think Jamie would make an excellent assistant."
"Great idea!", rief Robin aus.
Jamie schien das anders zu sehen, aber seine Meinung war grad nicht gefragt.

---

personal assistant persönliche(r) Assistent(in)
and so on und so weiter

"Good **suggestion**", mischte sich Mr Stanley wieder ein. "You'd better start your job immediately, Jamie, so we can be sure that Robin will play her best."
"Actually, I feel a bit hungry after all that running around. I think I need some ice cream", sagte Robin zu Jamie.
"You'd better **make sure** she gets some right away", meinte Paul. "I know a good **ice cream parlour** just around the corner."
Jamie verzog das Gesicht, fügte sich aber in sein Schicksal. Alles in allem war es nur halb so schlimm, Robins Assistenten zu spielen. Wenn er Glück hatte, erfuhren noch nicht mal allzu viele Leute davon, dass er der zweite Täter war.
"Oh, and before I forget: I just told some of the other **kids** what happened. I asked them to **spread** the **news**", sagte Robin beiläufig, als die drei sich auf den Weg in die Eisdiele machten.
Jamie brummelte etwas Unverständliches in sich hinein. Da hatte er sich wohl zu früh gefreut.

---

suggestion Vorschlag
make sure dafür sorgen
ice cream parlour Eisdiele
kids Kinder
spread verbreiten
news Nachrichten

The End of the Tournament

Endlich – der Tag des Endspiels, auf das alle hingefiebert hatten. Pauls Mannschaft hatte es geschafft, in einem packenden Halbfinale mit 2:0 gegen die Mighty Moose zu gewinnen, sodass Paul und Robin sich tatsächlich im Finale gegenüberstehen würden.
Nur schade, dass sie sich nicht wie sonst gegenseitig bei den Vorbereitungen helfen konnten. Denn schließlich mussten sie die Zeit vor dem Match mit ihren Mitspielern verbringen. Paul und Robin waren beide sehr nervös, hätten das aber grad nicht voreinander zugegeben.

Als sie nach dem Mittagessen an der Schule ankamen und sich ihre Wege vor den Kabinen trennten, wünschten sie sich mit feierlichem Handschlag Glück. Und hofften dabei natürlich auf einen Sieg der eigenen Mannschaft.
Jamie wartete schon vor der Kabine auf Robin. Er hatte sich schon so einiges an dummen Sprüchen anhören müssen und ertrug sie mit Gleichmut. Jamie musste zugeben, dass Robin sehr fair war. Sie verlangte eigentlich nicht viel von ihm – er sollte nur ihre Tasche tragen und Getränke besorgen. Ihn zu ihrem persönlichen Sklaven zu machen, brachte Robin offenbar nicht übers Herz. Jamie war sich nicht sicher, ob er im umgekehrten Fall auch so anständig gewesen wäre.

"We don't have any **special tactics** today – I just want you to go out and play **the best you can**. If we win, our school will be very proud of you. If we lose – no problem, as long as you played your best. This is the final, so go out there and have fun!" Die Ansprache des englischen Trainers war kurz und knapp und machte Robin trotzdem nur noch nervöser.

In der Kabine der deutschen Mannschaft ging es ähnlich zu. Paul schnürte sich zum wiederholten Male seine Schuhe und nahm sich ganz fest vor, ein super Spiel abzuliefern. Keinen einzigen Ball wollte er verloren geben und auf keinen Fall an einem Gegentor schuld sein. Und wenn es sein musste, würde er sogar mit nach vorne gehen und versuchen, einen Ball in Robins Tor zu landen.

Jubel brandete über die Tribüne, als die Mannschaften auf den Platz liefen. Die beiden Sprecher stellten diesmal jeden Spieler einzeln vor – und als die Spannung kaum noch auszuhalten war, ging es endlich los.

"That was a great **attack** by Gordon Lambert, but Paul Reuter in the German defence **deflected** the ball brilliantly. The English have to start a new attack

---

special besondere
tactics Taktik
the best you can so gut ihr könnt
attack Angriff
deflected hat abgefälscht

now, which will take some time, and … Oh! They weren't paying attention there …"

"Und da schnappt sich Jürgen Schütz den Ball nach einer Unachtsamkeit auf Seiten des Gegners, los, jetzt muss es nach vorne gehen, nicht abspielen, Jürgen, den musst du selbst machen – WAS FÜR EIN SCHUSS!"

"… But no chance for the ball to get through. That's Robin Morley between the **posts** – she's not letting anything past the **line**!"

"Wieder ist der Ball weg, aber diese Torhüterin ist einfach nicht zu schlagen. Kompliment an Robin für diese Parade!"

So ging es die ganze Zeit hin und her – kein Team war klar im Vorteil, und bis zur Pause fiel kein einziges Tor.

"I hope there won't be a **penalty shootout**", sagte Robin in der Pause zu ihren Mitspielern. "I'd be very grateful if you could score at least one goal more than them …"

"We'll see what we can do", lachte Gordon.

"Die englische Mannschaft hat so gut wie keine Schwächen – wir können einfach nur so weiterspielen wie bisher und hoffen, dass sie mal einen Fehler machen

---

posts Pfosten
line Linie
penalty shootout Elfmeterschießen

oder Robin doch mal einen Tick zu spät reagiert", sagte der deutsche Sportlehrer zur gleichen Zeit. Seine Spieler nickten ernst, dann ging es auch schon wieder raus aufs Feld.

Die Partie blieb so eng wie in der ersten Halbzeit, und die Zuschauer bekamen wirklich ein spannendes Spiel zu sehen. Und dann hatte Paul plötzlich den Ball und freie Bahn auf Robins Tor. Er musste nicht lange überlegen und stürmte los. "Oh no – there goes Paul with the ball, and the English defence is ... not where it's supposed to be! This is a good chance for the German defender ..."

Paul war vorm Tor angekommen und hatte die Wahl – er konnte den Ball ins kurze Eck knallen und Robin tunneln, oder er konnte ins lange Eck schlenzen und hoffen, dass er Robin auf dem falschen Fuß erwischte. Paul entschied sich fürs lange Eck und zog ab.

Doch Robin hatte die Aktion kommen sehen, sie sprang in die Ecke, machte sich lang und länger, sie erreichte den Ball mit den Fingerspitzen, konnte ihn aber nicht wegstoßen, sondern nur anstupsen ...

Der Ball trudelte in Richtung Torlinie, kam immer näher und näher, gleich musste er die Linie doch überqueren ...

"Neiiiiiiin!", schallte es durch die Zuschauermenge, als das runde Leder haarscharf am Pfosten vorbei ins Aus kullerte.

"Robin Morley there with a lot of luck on her side.

No goal, still no goal yet!" Die Stimme des englischen Kommentators überschlug sich fast.
Paul war auf dem Hosenboden gelandet und rappelte sich erst wieder auf, als Robin mit dem Ball vor ihm stand und ihm die Hand reichte.
"Nice **try**, **pal**!", grinste sie, half ihm auf die Beine und spielte den Ball ab.
Paul grinste zurück und zuckte mit den Achseln. So eine Gelegenheit würde er wohl nicht wieder bekommen. Er versuchte trotzdem, sich nicht über diese vertane Chance zu ärgern. Robin war einfach zu gut!
"Here comes another attack on the German goal – come on, Gordon, we know you can do it! Not much time **left**!"
Das stimmte. Es waren nur noch etwa fünf Minuten zu spielen, und wenn nun nicht bald ein Tor fiel, drohte ihnen die Verlängerung.
Die letzte Minute brach an, und allen war klar, dass der Angriff, den die englische Mannschaft gerade startete, wohl der letzte vor der Verlängerung sein würde. Gillian stürmte auf der rechten Seite mit dem Ball in Richtung Tor, und Paul konnte nicht eingreifen, weil er zu weit hinten links stand. So musste er tatenlos mit ansehen, wie die englische Stürmerin

try Versuch
pal Freundchen
left übrig

den Ball mit einem Lupfer über den Torwart hinweg ins Tor des FC Rakete beförderte.
“1:0 for the English team! Does this mean they’ve won?”, schallte es über das Spielfeld, und wie um den Sprecher zu bestätigen, pfiff der Schiedsrichter das Spiel erst gar nicht wieder an. Das war das Ende des Turniers! Die Three Lions hatten gewonnen!
Der Jubel, der nun losbrach, war unbeschreiblich. Alle englischen Spieler lagen sich in den Armen, während die deutsche Mannschaft geschlossen auf den Boden sank. Weniger aus Enttäuschung als aus Erschöpfung.
Paul wollte am liebsten überhaupt nicht wieder aufstehen. Es kam erst wieder Leben in ihn, als ihm jemand auf die Schulter tippte. Hinter ihm stand Robin, die übers ganze Gesicht strahlte.
“Don’t be sad. You played a really good game. We just had a bit more luck”, sagte sie und half ihm hoch.
“Thanks. But it wasn’t just luck. You were brilliant today - if it hadn’t been for you, I might have scored”, antwortete Paul.
“Maybe you would have, maybe not”, lachte Robin und schüttelte Pauls Hand wie einen Pumpenschwengel.
Inzwischen waren auch die Zuschauer aufs Feld gelaufen, um ihrem Team zu gratulieren – oder es zu trösten, je nachdem.

Schon kurze Zeit später, nachdem die Spieler sich geduscht hatten, war die Party in vollem Gange. Die Getränkestände und die Wurstbude waren dicht umlagert.

Robin und Paul standen mit seinen Eltern zusammen.

"I am sort of sad that it's all over already", seufzte Paul.

"Me too", nickte Robin und biss herzhaft in ihre Bratwurst. Plötzlich standen Jamie und Melanie vor ihr. Oh, was jetzt wohl kam? Robin war fest entschlossen, sich nicht die Laune verderben zu lassen.

"We both wanted to say that we're sorry", sagten Melanie und Jamie wie aus einem Mund, und es war deutlich zu sehen, wie unangenehm den beiden das war.

"We **behaved** really stupidly, and we wish we hadn't done all that to you and your team", sagte Jamie und Melanie nickte dazu.

"It's okay. Of course you behaved like idiots, but, well … it **doesn't matter** now. Come on, let's get another orange juice", sagte Robin.

Damit schoben Robin, Paul und die beiden Übeltäter fast schon einträchtig in Richtung Getränkestand ab.

---

behaved haben uns benommen
doesn't matter macht nichts